정제된 삶 헤쳐요.

2011. 9. 8.

권 세화 드림

찬란을 위하여

찬란을 위하여

황금알 시인선 46
## 찬란을 위하여

초판인쇄일 | 2011년 8월 25일
초판발행일 | 2011년 9월 9일

지은이 | 김세형
펴낸곳 | 도서출판 황금알
펴낸이 | 金永馥
선정위원 | 마종기 · 유안진 · 이수익
주  간 | 김영탁
디자인실장 | 조경숙
제작진행 | 칼라박스
주  소 | 110-510 서울시 종로구 동숭동 201-14 청기와빌라2차 104호
물류센타(직송 · 반품) | 100-272 서울시 중구 필동2가 124-6 1F
전  화 | 02)2275-9171
팩  스 | 02)2275-9172
이메일 | tibet21@hanmail.net
홈페이지 | http://goldegg21.com
출판등록 | 2003년 03월 26일(제300-2003-230호)

ⓒ2011 김세형 & Gold Egg Publishing Company Printed in Korea

값 8,000원

ISBN 978-89-91601-07-9-03810

# 찬란을 위하여

김세형 시집

황금알

— 진실 된 시는 근본적으로 구도시다.
  그리고 진실 된 연애는 근본적으로 구도다 —

도道가 무너지자 사랑탑마저도 무너지고
그 옛날 찬란했던
연애의 유적마저도 희미하게 빛을 잃어
시금털털 재미없게 된 세상

연애와 구도가 둘이 아닌 하나가 되는
찬란한 세상이 다시 열리길 기대하며
부끄러운 시들을 묶어 세상에 내 보낸다

# 차 례

3부

1부

사랑2


간극 없는 극락,

그 무간 지옥.

# 인도 여자

너의 눈은 우물이다.
움푹 파인,

들여다보면 볼수록
깊고도 깊은,

그래서 빠져죽고 싶은
깊은 우물이다.

그 깊은 우물 속에

스스로 빠져 죽은
귀신 하나가 살고 있다.

전생의 나다.

# 발다로의 연인

살은 썩고 사랑의 골격만 남았다
그들은 사랑의 뼈까지 사랑했다


단죄의 독화살이 이브의 가슴에 안긴
붉고 탐스런 능금을 관통했으나


아담은 독배를 마시듯
독 먹은 그 붉은 능금을 받아먹고는


죽어가는 이브를 가슴에 꼬옥 껴안은 채
입가에 행복한 미소를 지으며 죽어갔다


시간의 모래흙 속에서


사랑의 골격만 쓸쓸히 드러났지만
그들은 결코 뜨거운 포옹을 멈추지 않았다


신神은 죄진 그들을 동산에서 쫓아냈으나
그들의 사랑을 말릴 수는 없었다

오천 년 동안이나 말릴 수 없었다




* 발다로의 연인- 이탈리아 북부 만토바 인근 발다로에서 오천년 전
신석기 유적을 발굴하던 고고학자들이 찾아냈다고 한다. 치아 상태로
미뤄 젊은이로 추정되는 둘은 서로 얼굴이 닿을 듯 가까이 마주 본 채
남자는 화살이 박힌 채로 팔다리를 얽고 있었다.

# 슬픔의 연원

내 슬픔이 네게로부터 온 것이라면
그 슬픔은 그 얼마나 내게 크나큰 기쁨이겠는가.

하지만 내 슬픔은 네게로부터 오지 않았다.
슬프게도 내게로부터 왔다, 내가 내 슬픔의 나이를
기억할 수조차 없는 아주 까마득한 태고 적, 내 망각의
기억 저편 기슭으로부터 내게 물밀듯 밀려왔다.
내가 너일 수 없는, 그 슬픔의 근원으로부터 밀려왔다.

나 또한 널 사랑함이 기쁨이라는 것을 모르는 바는 아
니다.
그러나 그러한 기쁨은 내 슬픔의 근원에 다가가질 못
하고
가다가 그만 슬픔의 기슭 가까이에서 흰 물거품처럼
너무 쉽사리 스러져 버리고 만다는 것을 난 잘 아는 까
닭에,

또한 그러한 기쁨은 너의 희고 고운 손길처럼
잠시 나의 슬픔의 껍질을 부드럽게 위무해 줄 수 있을

지언정,
  존재의 슬픔, 그 깊은 뿌리까지는 가닿아
  흔들어 주지는 못한다는 것을 난 잘 아는 까닭에,

  나의 슬픔은 널 사랑하는 기쁨 속에서 나날이 깊어져
만 갔다.

  그런 연유로 너에 대한 나의 사랑의 슬픔이 이토록 깊
은 것이다.
  사랑의 기쁨이 존재의 슬픔의 근원에 그 뿌리를 묻지
않을 때
  그 사랑의 뿌리는 얼마나 작은 바람에도 쉽사리 뽑혀
버리는지,
  또 그렇게 쉽사리 뽑힌 자리는 얼마나 깊은 상처의 웅
덩이를 웅숭깊게 남기는지,

  난 그동안 강물처럼 도도히 흐르는 사랑의 행적을
  폭풍의 언덕 위에 발가벗은 채 홀로 서서 사시시, 사
시시, 떨고 있는

저 앙상한 사시나무처럼 줄곧 지켜보아 왔기에,

난 사랑의 기쁨 속에서도 사랑의 슬픔에 온몸을 떨어
대야만 했다.

너에 대한 나의 사랑은 이러한 것이다, 이러한 까닭에
나의 사랑의 슬픔이 너에 대한 나의 사랑의 기쁨보다
훨씬 더 연원이 깊고 오래된 것이다, 기억할 수조차
없는
오래된 슬픔으로.

내 슬픔이 네게로부터 온 것이라면
그 슬픔은 그 얼마나 내게 크나큰 기쁨이겠는가

# 최후의 꽃
— 꼴값에 대해

세상 모든 만물에는 각자의 모양새, 즉, 꼴이 있다.
그리고 그 꼴에는 대부분 꼴의 값, 꼴값이 매겨져 있다.
그런데 꼴값 중에서도 가장 천한 하질의 꼴값은
꽃을 그냥 예쁘다 놔두고 몇 발짝 떨어져 바라다보지
않고
꽃들에게 모조리 꽃값을 매겨
꽃들 모가지에 색색의 꽃값 팻말을 걸어놓는 족속들
이다.
난 그동안 꽃들만큼은 꽃값이 매겨져 있지 않을 거라
생각해왔다.
꽃은 이 더러운 진흙탕 세상, 오탁악세에서도 더럽혀
지지 않은 채
유일하게 남은 순수한 사랑의 마지막 은유라 생각했다.
그러나 그건 옛날의 금잔디에 피었던 옛 꽃들에 관한
얘기였다.
이젠 꼴값들이 세상의 꽃이란 꽃은 죄다 꽃값을 붙여
놔 버렸다.
때문에 세상엔 이제 꽃은 없고 꽃값만 남아 있다.
난 최후의 꽃이 이 세상 어느 후미진 골목 구석빼기에

라도

　행여 남아있지 않을까하여 두 눈을 씻고

　세상 곳곳을 비바람처럼 비틀대며 평생을 쏘다녀보
았다.

　그러나 꽃값이 붙지 않은 꽃은 세상에 단 하나도 남아
있지 않았다.

　최후의 꽃마저 꼴값들이 죽인지 이미 오래였다.

　꽃들은 다 죽고 꽃값과 꼴값들만 남아 있었다.

# 승무

*

칼날을 꽃잎 위에 가는 여자가 있었다
오체투지 몇 생애 다해 꽃잎 위에 칼날을 가는 여자가
있었다
붉은 피 흘리던 꽃잎들은 다들 해져 찢어져버렸으나
꽃잎들은 부지하세월 속에서 지고 피고 지다가 다시
피어났으며
칼은 꽃잎에 갈리고 갈려 마침내 세상에서
가장 날렵하고 가장 부드러운 칼바람이 되어
단도직입*, 허공 속으로 사라져버리고 말았다
그녀 몇 생애 전의 일이었다

*

꽃잎이 칼인 꽃을 보았다
세상에서 가장 날렵하고 부드러운 꽃잎을 보았다
가슴에 단도직입, 시퍼런 날선 꽃잎을 품고 있다가
부신 달빛 아래 허공에 마구 칼질을 해대는
슬픔이 파르라니 곱상한 여승을 보았다
몇 생애 애 타도록 찾아 헤매던 그녀였다

염화사 앞마당에 부드러운 칼바람이 난무했다
아찔한 꽃향기가 경내에 온통 진동을 했다
단도직입, 칼 맞아 죽은 자만이 살아있었다
꽃처럼 살아 있었다


* 단도직입單刀直入－생각과 분별과 말에 거리끼지 않고 진경계眞境界로
  바로 들어는 것으로 곧 선가禪家에서 선사가 학인을 제접하는데
  수단과 방편을 쓰지 않고 적수赤手로 그 심부를 찔러 심안心眼을
  열어주는 것을 말한다

# 꽃의 열반
— 생태 열반론8


피고 짐이 없다면 꽃이 아니다.
꽃은 피고 짐의 윤회 속에서 피고 진다.
꽃은 환幻의 굴레 속에서 환하게 웃으며 피고 진다.
열반이란 꽃도 그렇게 피고 진다.
모든 꽃들은 피고 지는 가운데 피고 짐 없이 피고 진다.
꽃은 윤회하며 열반을 즐긴다.
꽃상여는 꽃의 상여가 아니다.
꽃은 북망산천에서도 피고 진다.
피고 지지 않으면 꽃이 아니다.
모든 꽃은 열반꽃이다.

# 재회

  에베레스트 산 희망봉을 정복하러 갔다가 실종된 사랑하는 남자를 찾아 에베레스트 산 희망봉을 찾아간 여자는 에베레스트 산 희망봉 정상 등반에는 성공했으나, 사랑하는 남자를 찾지는 못했다. 여자가 혼자 에베레스트 산 희망봉 등반에 성공했다는 희망 찬 뉴스는 곧 전 세계에 타전됐으나, 여자가 사랑하는 남자를 찾지 못했다는 절망 찬 뉴스는 단 한 줄도 전 세계에 타전되지 않았다. 여자는

  희망봉 정상에서 절망에 빠져 홀로 하산하다 우연찮게 수직의 거대한 얼음절벽에서 밧줄 하나에 간신히 의지한 채 매달려 있는 커다란 얼음덩이 하나를 발견했다. 여자는 그것이 자신이 그토록 찾아 헤매던 자신의 남자일 것이라 생각했다. 백상아리 아가리 같은, 크레파스에 빠지는 위험을 무릅쓰고 여자는 필사적으로 밧줄 가까이에 다가갔고, 어둠이 설산 흰 양탄자 눈밭 위를 검은 망령의 그림자처럼 서서히 덮을 무렵, 그 커다란 얼음덩이를 자신의 곁으로 바짝 끌어당기는데 마침내 성공했다. 여자는 곧 근처에 임시캠프를 긴급히 마련하고 그 얼음덩이를 자신의 뜨거운 가슴에 부둥켜안고 밤새 필

사적으로 몸부림쳐댔다. 이튿날

　사위가 희부윰 밝아올 무렵, 여자는 그제야 비로소 얼음 속 남자의 얼굴을 뒤늦게 확인할 수 있었다. 그러나 얼음 속 그 남자는 뜻밖에도 자신이 찾던 남자가 아니었다. 난생 처음 보는 금발의 낯선 서양남자였다. 여자는 그 순간, 처음 보는 그 낯선 서양남자와 오래된 인연인 듯, 오래된 우연인 듯, 그만 그 자리에서 철썩 얼어붙고 말았다. 철썩, 그 바람 탓이었을까 설산 희망봉 정상에서부터 갑자기 거대한 눈 폭풍이 해일처럼 일기 시작하더니 곧이어

　우루루 쾅!쾅! 집채만한 눈더미가 팡파르를 울리며 무너지듯 쏟아져 내려와 두 사람의 재회를 축하하듯 덮쳐버렸다. 그제야 비로소 현지 셸파의 말을 빌린 CNN뉴스가 그 연인들의 뜨거운 재회를 전 세계에 긴급 타전하기 시작했다. 불덩이와 얼음덩이가 천신만고 끝에 에베레스트 산 희망봉 정상 근처에서 극적으로 다시 만나

　영원히 뜨겁게 꽝꽝 얼어붙었다고.

# 꽃의 추파

마음의 파문은 결국 온몸에 무늬진다
꽃잎 무늬진다
함부로 꽃에게 추파 던지지 마라
단 한번의 실없는 추파에도 꽃은 깊은 상처를 입나니,
아…… 고요한 눈빛에도 떨어지는 꽃잎,
누가 꽃에게 미소 지어보였던가
아픈 꽃미소 지어 보였던가
미소도 상처인 줄 알았다면 그렇게 경솔하진 않았으리……
돌 속에도 파문이 일던가?
꽃이 피던가?
꽃의 파문으로 저 열반언덕 위 돌부처 꽃미소 짓고 있다
그러나 돌의 본래면목은 면목 없음, 그 묵묵黙黙,
그런데 어찌하여 면목 없음이 면목 없어하며 실없이 미소 짓고 있는가
허나, 어찌 존재에 파문이 없으랴
돌의 미소에도 지는 꽃이 아니라면
어느 슬픔이 꽃보고 미소인들 지을 수 있겠느냐
모든 존재엔 이처럼 꽃의 파문이 들어 있어

너 또한 내게 슬픈 꽃미소 지어보이고 있는 것 아니냐
슬픔 들어 슬픔을 미소 지어 보이는 것 아니냐
하여, 난 너의 추파에 질 수밖에 없나니……

아, 아, 봄날,
꽃무늬 파문 온몸에 파다하게 일으키며
찔레꽃 향기 코끝 아프게 깨무는
후생後生의 화사한 어느 오월의 봄 날,
그 슬픔의 8부 능선,

고요한 거기쯤에서 난 묵묵默默히 질 수밖에……

# 찬란을 위하여

　수소문 끝에 어느 오지 시골 마을 외따로운 빈집 하나
얻어 산적처럼 스며들었다
　산 그리메 묵직한 무게에 잔뜩 눌려 축 처진 녹슨 함석
지붕 처마 밑 여기저기
　끊겨진 거미줄 친친 늘어져 있고, 마음 무너지듯 흙담
장 이곳저곳 무너져 있고,
　기우뚱, 지구의처럼 한 쪽으로 기운 남루한 집이라
　아무도 찾아올 것 같지 않아 썩, 마음에 들었다
　마당 한 귀퉁이에 개집은 있으나 누런 댓잎 한 장 빙빙
떠도는 빗물 고인
　찌그러진 빈 개밥그릇만 휑당그레 나뒹굴고 있어 시끄
럽지 않아 좋았고
　수런거리는 대숲 뒤란엔 깊은 우물까지 있어 더욱 좋
았다
　허리 잔뜩 굽혀 들여다보며 한없이 울기에 충분한 깊
이여서 좋았고
　깊이를 재어보려 마음의 두레박을 길게 우물 안에 드
리워보니
　두레박 바닥이 울음의 밑바닥에 가아 닿지 않았으므로

좋았다

 금상첨화로 울 때 쏴—아하는 대숲바람의 추임새가 있
을 것 같아 좋았고

 이렇게 울음이 한없이 깊어질 수 있는 곳이 세상에 있
었다니!

 하고 나도 모르게 벌어진 입에서 감탄사가 절로 튀어
나올 것 같아 좋았다

 서리 묻은 짝 잃은 외기러기 한 쪽 날개,

 달 옆구리 훨~훨~스치고 지나가는 풍경 그윽한 밤이면

 달빛 충만 기슴 도지히 홀로 감당할 길 없을 것 같아
좋았고

 고개 쳐 넣고 우물 안을 한없이 들여다보며 혼자 공명
으로 북받쳐 울다가

 우물물 위 찰랑이던 달마저 출렁~,하고 파도처럼 찬
란하게 부서지면

 개구리처럼 네 발 쭈—욱 우물 허공에 뻗어 바닥을 알
수 없는

 그 찬란 속으로 풍덩! 뛰어들면 더 찬란할 것 같아 좋
았다

아니, 아예 세상만사 깡그리 잊고 우물 안 개구리로 살아가면

찬란을 더욱더 찬란하게 할 것만 같아 좋았고

내가 태생적으로 겁이 많아 개구리처럼 그렇게 팔짝, 네 발 허공에 멋지게 뻗어

우물 안 찬란 속으로 풍덩! 다이빙하여 뛰어들진 못하더라도

긴 줄의 두레박이 마음에 늘 준비되어 있으니 언제든 찬란을 길어 올릴 수 있어 좋았다

아무도 찾아오지 않을 것 같은 이 외따로운 오지 마을 적막강산 빈 집에서

그 길어 올린 찬란으로 누군가를 사랑하면 영원히 찬란할 것 같아 좋았다

# 낙원과 정글
— 생태 열반론9


쫓고 쫓기는 정글의 삶에 지칠 대로 지쳐 달아나듯 혼
자 과천 동물원에 갔다.
월요일의 동물원은 천상낙원의 한낮처럼 지극히 한가
했다.
쫓고 쫓기지 않는 지상낙원엔 동물들이 할 일들이 없어
온종일 먹고 우리 안을 어슬렁거리다 늘어지게 잠만
잤다.
사자우리의 사자들은 뒤쫓을 얼룩말이나 누 떼가 없어
먹고 누워 흙바닥 위를 뒹굴다 먼지 잔뜩 낀 눈꺼풀을
뒤집어쓰고 잠만 잤고,
얼룩말 우리의 얼룩말들은 쫓아오는 사자가 없어 먹고
서성거리다
가끔씩 긴 꼬리를 상모꼬리처럼 휘둘러 잔등에 달라붙
은 파리 떼를 쫓아내곤
서로 몸을 기대고 선 채 까딱, 까딱, 졸아댔다.
천상天上의 하나님께서도 이 한갓진 지상낙원 그림 풍
광을 내려다보다
그만 영 재미가 없으신지 **아**-함, **아**-함, 하고
뭉게구름 같은 하품을 허공에 뭉게~ 뭉게~ 연방 터

뜨렸다.

그러다 아무도 모르게 자신이 터뜨린 뭉게구름 택시를 슬그머니 잡아타고

지상낙원 사자후 없는 사자우리, 보리수나무 시원한 그늘 위로 내려와

한 손에 턱을 괸 채 와불의 자세로 길게 누워 쿨~쿨~ 낮잠을 주무셨다.

그들의 낙원을 한참 바라다보고 있노라니 나도 모르게 덩달아

**아**-함, **아**-함, 하고 커다란 하품이 뭉게구름처럼 뭉게~ 뭉게~ 연방 터져 나왔다.

사자와 얼룩말은 낮잠을 자다 가끔씩 게슴츠레 두 눈을 뜨곤 낙원 밖,

정글 속 나를 부러운 눈길로 한참 바라보다 체념한 듯 다시 잠이 들곤 했다.

난 그들의 낙원에서 살아가길 원했고,

사자와 얼룩말과 하나님은 내가 사는 정글에서 살아가길 원하는 듯 했다.

난 해거름이 다 되도록 그들의 낙원을 한없이 부러운

눈길로 바라다보다
　그만 나의 정글 한가운데를 향해 먹구름 같은 무거운
발걸음을

　터벅, 터벅, 옮겨놓기 시작했다.

# 새들의 낙원

뉴칼레도니아 섬은 '카구'라는 새에겐 젖과 꿀이 흐르
는 낙원이다
하나님께서 특별히 큰 은총을 내려주시어 그 섬엔
온갖 나무열매들과 벌레들 등, 일용할 양식이 늘 지천
으로 널려있기 때문이다
게다가 시시각각 목숨을 노리는 포식자도 없다
그러니 카구에겐 정말 그 섬이 지상낙원이 아닐 수
없다
아무리 날개달린 새라지만 이쯤 되면 카구에게
하늘이 뭔 필요가 있으며 날개가 뭔 필요가 있으랴?
때문에 카구는 이젠 날개가 있어도 날지 않는다
아니, 날개가 있어도 날지 못한다
카구의 축 늘어진 기인 날개는 이미 만찬 파티용 드레
스가 된 지 오래다
좀처럼 빨지 않아 좀 더럽긴 하기만 자신이 마치
십칠 팔세기 영국 귀족사회 사교클럽을 드나드는 공작
부인이라도 된 듯,
그 꾀죄죄한 긴 드레스를 땅에 질질 끌리도록 몸에 축
걸쳐 입고

늘 시도 때도 없이 열리는 에덴동산 만찬파티에 참석
하러

온종일 섬 이곳저곳을 뒤뚱, 뒤뚱, 분주히 나돌아 다
닌다

그것이 카구가 에덴동산에서 하는 일과 전부이다

인간의 잃어버린 낙원도 아마 그곳일 것이다

원래 새였던 인간도 그 낙원에서 살다 결국 날개를 잃
고 말았을 것이다

그런데 인간은 왜 새들의 낙원인 그 섬 밖으로 쫓겨났
을까?

아니, 달아났을까?

그리고 왜 인간은 그 새들의 낙원으로 돌아가 살지
않고

낙원 밖에서 잃어버린 날개를 그리워하며 늘 눈물지으
며 살고 있는가?

그 까닭을 하늘에 계신 하나님께서도 아마 잘 모르실
것이다

그러나 다시 날개를 달고 새처럼 하늘로 날아오르길
날마다 학수고대 꿈꾸는 난,

그 까닭을 이 세상 어느 누구보다도 잘 알고 있다
카구는 날개 없이 살아가는 그곳이 낙원이지만,
인간은 날개 없이 살아가는 그곳이 지옥이기 때문이다

# 가을 하늘

글자 한 자 없는,
그래서
방점 한 점 없는,

팔만사천대장경
그 한량없는 페이지를
삼천대천세계 하늘에

페이지 없이
단박에 한 폭으로
쫘—악 펼쳐버린

저,

높고 푸른 경전.

# 존엄사

그녀의 이름은 자연이었다.

자연인 그녀는 자연에서 태어나 자연에서 살다 자연에서 늙어왔다.

그렇게 그녀는 평생을 자연의 탯줄에 매달려 살아왔다.

그런 그녀가 벌써 몇 년째 에덴병원 중환자실

인공 탯줄에 매달려 하루하루 힘겹게 살아가고 있다.

연명이 괴로워도 괴롭단 말도 못하고 지옥의 생을 견디며 살아왔다.

대관령 겨울 덕장 아가미가 꿰어져 매달린 꽝꽝 황태도 이보다 더 힘겹진 않았으리라.

그러던 그녀의 인공 임종이 드디어 최종 임박했다.

그녀의 입과 코에서 인공 탯줄이 떨어져 나갔다.

두 시간도 채 못 넘기고 숨이 끊길 것이라 히포크라테스 신들은 단언했다.

목사가 찬송가를 선창하며 임종 예배를 진행했다.

이때, 갑자기 인공에서 떨어져 나온 자연이 숨을 내쉬기 시작했다.

정작 숨이 끊긴 것은 자연이 아니었다.

인공이었다.

인공이 죽자 자연이 되살아났다.

그녀의 한쪽 뺨에 이슬 같은 맑은 눈물 한 방울이 주르륵, 흘러내렸다.

순간, 중환자실이 찬물을 끼얹은 듯 조용해졌다.

숙연肅然이 무겁게 흐르는 가운데 자연은 계속 숨을 쉬고 있었고

자연을 연명해 주던 인공은 완전히 호흡을 거두고 존엄사했다.

2부

# 새의 본적本籍

당신은 본적 있는 새를 본 적이 있나요?
김해 김씨, 전주 이씨, 밀양 박씨, 하는 그런 것 말고
말입니다
난 늘 새를 보는 순간 새를 놓치고 맙니다
때문에 난 이제껏 본적 있는 새를 단 한 번도 본 적이
없습니다
당신은 눈이 보배이시군요
본적 있는 새를 본 적이 있으시다니 말입니다
난 가끔씩 새들의 본향本鄉인 저 푸른 하늘을 올려다보며
본적 있는 새를 찾아보긴 합니다만, 그러나 그때마다
본적 있는 새는커녕, 본적 없는 새조차 본 적이 전혀
없었습니다.
가끔씩 푸른 하늘을 올려다보며 새의 본적을 찾던 누가
무엄하게도 한 번도 본 적 없는 새를 잡기 위해 하늘을
향해 땅!
하고 엽총 쏴대는 귀청 떨어지는 소린 가끔 듣긴 하지
만, 글쎄요……
전 째-액, 하는 새 본적 떨어지는 소리는 그때마다 금
시초문이기에

난 이제껏 조족지혈도 남아 있지 않은 본적 있는 새 상
가喪家에는
　감히 조문조차도 못했습니다
　새는 늘 살 같이 지나는 시간 속에서만 살의殺意의 살에
꽂혀 날기에,
　새는 늘 바라보는 자의 눈빛 속에서만 살의殺意의 눈살
에 꽂혀 날기에,
　시간 밖에서 서성이고 있는 난 늘 새를 놓치곤 맙니다
　당신은 본적 있는 새를 본 적이 있으시다니 정말 행복
하시겠습니다
　난 그런 당신이 무척 부럽습니다
　그런데 실례지만 당신의 본적은 무엇입니까?
　김해 김씨, 전주 이씨, 밀양 박씨, 하는 그런 것 말고
말입니다
　난 당신의 본적도 본 적이 없습니다
　죄송합니다
　제가 나이답지 않게 시건방지게

　벌써 눈이 어두워서⋯⋯

# 에덴의 바깥
— 생태열반론1

### 1.

하나님께서는 세상의 안과 밖 그 주위의 모든 것을 지어 내셨다. 또 남자와 여자도 만드시고 각각 아담, 하와라 부르셨다. 하나님께서는 이들을 에덴이라는 아름다운 동산에 두시고 필요한 것은 모두 다 주셨다. 그러나 하나님의 계명을 어기고 불순종의 죄를 지은 이들은 아담은 일을 하는 고통을, 하와는 애를 낳는 고통의 벌을 받고 에덴동산 동문 밖으로 쫓겨났다.

### 2.

에덴동산 밖으로 쫓겨난 이후, 아담은 온종일 두 손 두 발바닥이 찢어지고 터지도록 너덜겅 논밭을 피땀 흘려 일구며 일하는 고통을, 하와는 가랑이 밑살이 터지고 찢어지는 출산의 고통을, 생의 최대의 기쁨으로 여기며 살아갔다. 온존하신 하나님의 형상을 꼭 빼어 닮은 아이들을 해마다 줄줄이 한 타스나 낳아 소중히 기르며 살아갔다. 그렇게 그들은 하나님의 뜻대로 하나님의 자녀들을 자손만만대로 번창시키며 에덴 밖 들녘에서 살다 에덴 밖 들녘에서 죽어갔다.

에덴 밖 들녘 세찬 비바람과 싸우며 피었다 진, 들의
백합화나 공중에서 맹조들에게 쫓기며 세찬 맞바람과
싸우며 날다 떨어져 죽은 공중 새들의 행복했던 생애들
처럼.

# 정글낙원1
### - 지구 종말, 그 이후 -

— 생태 열반론6


1.

마침내 잘못 창조된 죄 많은 털 없는 원숭이들이 지구
상에서 완전 멸종되자 회복불능처럼 여겨졌던 생태계가
서서히 복원되기 시작했다. 여기저기 뻥뻥 뚫려져 있던
하늘의 오존층은 하나 둘 다시 메워지기 시작했으며 집
채처럼 마구 무너져 쏟아져 내리던 남극의 빙하도 다시
꽝꽝 얼어붙기 시작했다. 그렇게 실낙원이었던 지구가
점점 푸른 낙원의 모습을 되찾아가기 시작하자 멸종되
었던 지상의 온갖 동식물들이 다시 하나 둘 되살아나기
시작했다. 털 없는 원숭이들도 다시 털 있는 원숭이로
태어나 지상의 동물과 쫓고 쫓기며 싸우며 어울리며 함
께 살아갔다.


2.

마침내 실낙원이 옛 낙원의 모습을 완전히 되찾았을
때, 되찾은 낙원엔 선악과나무도 없었고 아담도 이브도
없었다. 때문에 선악도 있을 수가 없었다. 육식동물인
맹수들은 하나님이 주신 일용할 양식인 사슴이나 얼룩
말 등, 초원을 한가히 노니는 순 하디 순한 초식동물들

을 감사히 잡아먹으며 살아갔고, 순한 초식동물들은 자
신들보다도 더 순한 풀꽃이나 싱싱한 나무열매들을 감
사히 뜯어먹으며 살아갔다. 그러나 어느 누구도 그런 행
위에 대해 선하다 악하다 말하지 않았다. 사자나 호랑이
등, 맹수들도 죽을 땐 죽어 썩어 대지의 양분이 되어갔
고, 온갖 수목들과 이름모를 풀꽃들은 초원의 제왕들이
죽어 남긴 사체의 양분을 맛있게 빨아먹고 무럭무럭 자
라났다. 그리하여 되찾은 낙원을 더욱 더 무성하고 짙푸
르게 했다.


3.

그들은 사랑이 뭔지 미움이 뭔지도 모르고 서로 쫓고
쫓기며 싸우며 어울리며 이것이 저것의, 저것이 이것의,
밥이 되어주며 더 이상의 욕심 없이 함께 고락苦樂을 누
리며 낙원을 푸르게 유지하며 살아갔다. 그렇게 각각의
죽음들은 각각의 다른 생명으로 시시각각 재창조되며
살아갔다. 뭇 생명의 창조주는 그러한 각각의 뭇 죽음들
이었으므로, 신神은 더 이상 낙원에서 할일이 없었다. 그
리하여 신神은 마침내 낙원에서 추방됐다.

# 정글낙원2
— 생태 열반론7

태초에 창조주 하나님께서 아낌없이 지상에 은총을 내려 주시어 젖과 꿀이 사시사철 주야를 가리지 않고 무시로 흘러내렸다던 머나먼 태고 적 그 에덴낙원에도 왜 생사의 고통이 없었겠나?

사람 목통보다 굵은 징그러운 비단 배암이 늪지에서 스스-슥, 기어 나와 마악 아장아장 걸음마 연습을 하던 귀여운 악어 새끼를 뱃구레가 터져라 제 몸 속에 꾸불텅~ 꾸불텅~ 감사히 삼켜 넣고,

온몸에 머드팩을 덮어쓴 채 늪에서 기어 나온 어미 악어가 장작개비 같은 기다란 아가리를 허공에 따-악 벌려 제 새끼를 감사히 삼켜 먹은 번쩍이는 굵은 비단 배암을 제 몸통 속으로 와그작, 와그작, 감사히 씹어 삼켜 넣고,

그렇게 서로가 서로를 제 먹을 만치만 삼켜먹고 삼켜 먹히며
왜 서로가 서로에게 아픈 밥이 되어주지 않았겠나?

그렇게 내가 네가 되고 네가 내가 되는 돌고 도는
그 환생의 삶이 왜 그들의 영생의 낙원이 아니었겠나?

배가 터지도록 남을 무한정 잡아먹지 않고
제 배 채울 만치만 남을 잡아먹고
또 제 배 채운 만치 남의 주린 배도 저로 채워주며
그렇게 서로가 서로를 감사히 잡아먹고 잡아먹히며
서로가 서로에게 기꺼이 아픈 밥이 되어주려 한다면야

왜 짐승들의 낙원이 우리의 낙원이 아니겠나?
왜 피투성이 이 실낙원이 우리의 낙원이 아니겠나?

# 입적1
— 생태 열반론4


무소유 법정 스님이 입적하시던 날,

깊은 수심에 잠겨 홀로 집 뒷산 산책길을 걷다보니

길섶 잡풀더미 위에 때 아닌 때까치 한 마리 떨어져 죽
어 있었다.

아마도 은사시 나무 높은 우듬지 위,

공중 암자에 홀로 주석하시다 때맞춰 입적하신 때까치
노스님 같았다.

속세에 남기신 것이라곤 쇄골이 다 드러난 앙상한 색
신과

세상에 나실 때 색신에 걸치고 나오셨던 단 한 벌의 먹
빛 털 가사 장삼뿐이었다.

그래도 아무리 무소유 스님이라도 그렇지,

끽다거*는커녕 깍, 하는 외마디 깍다거** 임종게 하
나 속세에 남기시지 않다니……

불현듯 화가 나 나무둥치를 발바닥으로 쿵! 쿵! 하고
몇 번 밀어 차니

겁먹은 표정의 은사시나무, 사시시, 사시시, 좌우로
마구 가지를 떨어댄다.

그러다 급기야 꼭대기 우듬지 위 얼기설기 걸쳐져 있

던 공중 암자마처

　무너져 내린 노스님의 몸의 길을 따라 와—수수 잡풀
더미 위로 무너져 내린다.

　갑자기 죄송스런 마음에 여기저기 떨어져 내린 그 와
수수들을 주섬주섬 주워 모아

　때까치 노스님의 주무시는 듯한 고요한 법구 위에 차
곡차곡 쌓아 올려놓고

　호주머니에서 라이터를 꺼내 불을 붙여 평소 스님의
단출했던 삶의 방식대로

　풀꽃 한 송이 치장 없는 가운데 나 홀로 소출한 다비식
을 치러 드렸다.

　그러자 무겁게 내려앉은 낮은 하늘도 나의 깊은 슬픔
을 알아차렸던지

　굵은 눈물줄기를 주룩주룩 속세에 흘려대기 시작했고,

　어떻게 노스님의 입적 소식을 듣고 날아왔는지

　수십 마리의 까치 신도들이 떼로 몰려와 불티와 연기
를 휘날리며

　매캐하게 타오르는 숲 속 다비장 근처를

　이리저리 혼잡스럽게 날개를 쳐대며 날아다니며 깍~,

깍~, 깍~, 깍~,

때까치 노스님의 홀연한 입적을 염불 애도해 마지않았
다.

그러나 누구도 나서서 때까치 노스님의 유골을 수습하
려 하거나

다투어 뛰어들어 사리를 찾으려 들지 않았다.

평생 '먹고 싸고 자고 하는 도'를 하루도 거름 없이 실
천 수행하시다

때 되니 아무런 미련도 없이 무하유無何有*** 속으로
훌쩍 입적해 버리신 때까치 노스님을

다투어 대종사로 추대하려 하지도 않았다.

* 끽다거喫茶去: 중국 당나라 때의 선승禪僧인 조주趙州 종심從諗 선사의
　선문답에서 유래된 말 '차나 한 잔 들고 가시게'라는 불가의 화두.
** 깍다거: 끽다거를 패러디한 조어.
*** 무하유無何有: 있는 것이란 아무것도 없는 곳이라 말로, 장자가
　추구한 무위 자연의 이상을 뜻함

# 달집태우기
— 법정 스님 다비식을 보고

"스님 불 들어가요"라는 말로 거화가 시작되자 이를
숨죽이며 지켜보던 삼천 여명의 불자들은 "아이고! 스님
~"을 외치며 일제히 오열했다.

산바람 마구 불어 불길과 연기가 만장처럼 펄럭거렸고
재티가 사방팔방 날벌레처럼 이리저리 날아다녔다. 상
주스님, 문중스님들은 연기와 재티에 몹시 매운 듯 눈시
울을 붉히며 연신 양 손으로 눈과 코를 비벼댔다.

달집 속에 태양의 불이 들어가 달집을 다 태워버렸으
나 달은 태우질 못했다.
태워지지 않는 달이 밤하늘에 떠서 칠흑 같은 산중을
밤새 환히 비췄다.

# 아—1

할머니는 살아생전 늘 내게 아가, **아**—하며

내 입을 크게 **아**—벌리게 하곤

내 **아**—안에 맛난 먹거릴 밀어 넣어 주시곤 하셨다

그때마다 **아**—하는 할머니의 목소리까지 내 **아**—안으
로 휩쓸려 들어가곤 했다

그 소린 블랙홀인 내 **아**— 안으로 소용돌이치며 휩쓸
려 들어가

내 몸 안에서 똥이 되지 않고 영원이 되었다

난 그 **아**—를 먹고 죽순 자라듯 하루가 몰라보게 쑥쑥
자라났다

**아**—하던 할머니는 이미 **아**—로 돌아가시고 지금 내 곁
에 안계시지만

지금도 내 **아**— 안엔 할머니의 **아**—가 살아 숨쉬고 있다

그런데 난 그 **아**—가 그냥 단순히 내 **아**—를 채워주기
만 하는 소리가 아니라

내 **아**—가 비워지길 바라는 할머니의 간절한 염원이
가득 담긴 소리란 것을,

백발이 성성한 나이가 되고 나서야 비로소 뒤늦게
**아**— 하고 깨달았다

**아**—에서 태어나 평생 누군가에게 **아**—하시다가
마침내 **아**—의 세계로 영원히 돌아가신 할머니……


할머니는 지금도 매일 밤마다 내 꿈속에 나타나 **아**—
하고
당신의 **아**—를 깨끗이 비워내어 나의 **아**—를 가득 채워
넣어주시곤 한다
하지만 난 그때마다 물바가지처럼 배만 잔뜩 불렀지
꿈속에서조차 할머니의 **아**— 의 영원에는 이르지 못
했다
**아**—는 내게 있어 영원한 채움이 아니라 영원한 허기
일 뿐이다
지금도 내 **아**— 안에는 **아**—사 직전의 **아**—만
거렁뱅이처럼 잔뜩 몸을 웅크리고 있을 따름이다.
난 이른 아침, 잠에서 깨어나 화장실로 가 칫솔질을
할 때마다
거울을 쳐다보며 시골 고향집 지붕 처마 밑
제비둥지 속 따악 벌린 제비새끼들 새빨간 부리처럼

**아**-하고 아가릴 따-악 벌리고
할머니의 영원을 흉내 내어 보곤 하지만,
그러나 그럴 때마다 공연히 치약 거품 같은 흰 슬픔만
내 **아**-안에 한가득할 뿐이다

**아**-

# 아-2

충남 서천 외숙부 댁에 다녀오는 서해안 고속도로 길,

낡은 승용차를 몰고 쭈-욱 뻗은 길을 파발마처럼 내
달리다
문뜩, 고갤 들어 룸미러를 들여다보니
양 볼이 쪽박처럼 옴팡 파인 늙으신 어머니가
뒷좌석 등받이에 널빤지 같은 할랑한 등을 기댄 채
누에처럼 고요한 낮잠에 빠져계시네

쭈그렁 입, **아**-하고 따-악 벌리신 채,
꼭 날새들과 날다람쥐들과 날바람들이 드나드는
고향 마을 초입 육백 년 수령 늙은 당산나무 검은 구멍
같네

**아**- 저대로가 영원이네
쓸데없이 저 구멍 열심히 열고 닫히면 뭐하나
들숨날숨만 들락날락 연거푸 드나들이하면 뭐 하나
저대로 영원히 **아**-하고 열려 있어야 하리

아-하는 저 동안에 최초의 밥숟갈이 들어갔으리
아-하는 저 동안에 한 생애가 동굴의 서늘한 바람처
럼 지났으리
아-하는 저 동안에 최후의 흙삽도 들어가리

별안간 철렁! 직하의 벼랑 가슴에
찬 얼음물이 쏴-아하고 폭포수처럼 쏟아져 내리네
황급히 열린 뒷좌석 창문 내려 닫아 드렸네
아- 속에 날새들이 펄럭이며 날아 들어가
새하얀 알을 까놓지 못하도록,
아-속에 날바람들이 펄럭이며 날아 들어가
한 생애가 지나가지 못하도록,

날 바람이 불어들지 않으니 아-가 극락 입구처럼 지
극히 고요하네
어머니! 제발 아-한 채 그대로 계셔요
밥숟갈도 흙삽도 넣어드리지 않을 테니,
그 아- 그대로가 열반이니,

하지만, 하지만, 어머니!
숨만은 아주 닫아걸지 마셔요
**아-** 한 채, **아-**몰래, 겨우라도 숨 쉬고 계셔요
**아-**에게 들키지 않게, **아-** 잠든 사이,
쉬는 듯 마는 듯
명주실처럼 아주 가는 숨비 소리로라도,
**아-** 그대로가 영원이긴 하지만
**아-**그대로가 열반이긴 하지만

**아-** 그건,
열려있어도 내겐 아직 닫혀 있는
문 없는 문,

허무한 문이니……

# 바퀴의 역사

바퀴들이 집안 곳곳 구석구석마다 온통 우글우글하다
독한 바퀴 약을 아무리 집안 곳곳 뿌려대도 별무 소용
이 없다
잠시 주춤하다가도 얼마가지 않아 다시 어디선가 우글
우글 기어나온다
집집마다 바퀴들을 안 기르는 집이 없다, 온통 다 기
른다
도저히 퀴퀴한 집안에서 견딜 수가 없어 바퀴들을 피해
잠시 집 밖으로 뛰쳐나가보지만, 그러나 어느 새 나도
모르게 나 자신이 퀴퀴한 바퀴를 끌고 나와 거리를 온통
바퀴지옥으로 가득 메운다
더구나 요즘 바퀴는 옛날 바퀴와 달리 꽁지로 독가스
까지 내뿜어댄다
바퀴를 박멸하려면 때려잡거나 바퀴약 뿌리는 방법 정
도론 어림도 없다
때문에 잘 듣지도 않는 바퀴약을 대신해 팔만사천법문
이 세상에 등장했다
그런데 팔만사천법문을 밤새 카세트테이프로 듣고 있
노라면 오히려 머리통 속이 맑아지기는커녕, 문자 바퀴

굴러가는 소리로 더욱 요란하다

　그래서 영험 있다는 벼락 맞은 대추나무 염주를 어느 땡추 스님에게 보시 받아 엄지손가락에 딱딱한 굳은살이 박이도록 밤새 돌~돌~ 굴려가며

　제발 머리 속 문자 바퀴 좀 멈추게 해달라고 문자 아닌 문자,

　"옴마니반메움" "옴마니반메움"을 세 빠지게* 돌려대보지만,


　그러나 아무리 염불을 해 싸도 결국 모두 도루아미타불이다

　그 돌~돌~ 돌~돌아가는 염주알도 바퀴고,

　그 돌~돌~ 돌~돌아가는 혀도 결국 바퀴이기 때문이다

　그러나 알고 보면 그 팔만사천법문의 뜻은 단 한 가지로 단순하다

　당장 바퀴를 굴리지 말고 바퀴를 땅에 내려놓으라는 것이다

　입안의 혀 바퀴도 멈추고, 손에 쥔 염주 바퀴도 내려놓고, 입 다물고 제 자리에 가만히 주저앉아 돌덩이처럼

침묵하라는 것이다

 하지만 중생들은 마음에 염원이 하도 많아 바퀴를 굴리지 않기란 거의 불가능하다

 아무리 바퀴 없는 불입문자 방하착 할! 법문을 들려줘도, 염주알 한 바퀴 한 바퀴가 모두 간절한 염원인 중생들은 결코 바퀴를 굴리지 않을 수가 없다

 때문에 바퀴의 역사는 정지되지 않고 누대를 거쳐 아직도 지속되고 있는 것이다

 바퀴의 역사는 결코 멈추지 않는다

 바퀴의 역사는 바퀴 화석의 연대기만큼 길고도 깊다


 * 전라도 방언-혀 빠지게

# 낙화3

꽃은 필 때보다 질 때 더욱 아름답다

시들어 지는 꽃이 아니라 시들기 전에
스스로 지는 꽃이 더욱 아름답다

피었다 때 되어 지는 사랑은 추하다
시들기 전에 스스로 질 줄 아는 사랑이 아름답다

바람 불고, 벚꽃 잎들
나비 떼처럼 허공에 화사하게 나부낀다

아…… 저건, 낙화가 아니다
개화다

낙화,
그 허공의 개화가 눈부시게 아름답다

# 달빛 편지

서리 달빛 앞마당에 하얗게 깔린 꼭두새벽녘,

복면강도 하나가 내 방 들창문을 슬며시 열고 달빛처럼 조용히 침입했다.

그의 한쪽 손엔 흰 달칼이 번쩍! 들려있었다.

방바닥 한가운데엔 이미 달칼에 스—윽 베어진 둥근 달 살점 한 조각이 휘익 내던져져 하얗게 빛을 발하고 있었다.

그런데 이상하게도 그에게서 여인의 비릿한 달거리 냄새가 났다.

내가 달꿈을 꾸는 듯 잠자는 척 하고 있자 그는 불안한 듯 방안 사방을 연신 휘휘 휘둘러보더니, 이윽고

기—인 달빛자락을 끌며 웨딩마치를 밟듯 찬찬히 내게로 다가왔다.

그리곤 꿈결인 듯, 생시인 듯, 출렁이는 흐린 달빛 눈으로

짐짓 잠든 척 하고 있는 나의 못난 얼굴을 몰골이 송연한 새벽달 표정으로 한참을 뚫어져라 내려다보는 것이었다.

아니, 그런데 이게 무슨 해괴한 일인가?

그의 얼굴에 덮어 쓴 검은 복면 밑으로 갑자기 무언가
주르륵, 흘러내리더니 까칠한 내 입술 위로 낙숫물처럼
뚝, 뚝, 떨어져내려 내 목덜미를 타고 흘러내리는 것
이었다.
비릿하고 찝찔한 것이 피눈물 같았다.
그는 그렇게 한동안 파리하게 내 얼굴을 내려다보다가
그믐처럼 돌아서서는 들창문을 향해 소리 없이 다가가
달그림자도 남기지 않은 채 내 방을 슬며시 빠져 나가
버렸다.
화들짝 두 눈을 떠보았다.
방바닥 한가운데엔 아직도 달칼에 베인 달 조각 하나가
흰 피를 질질 흘리며 하얗게 쓰러져 신음하고 있었다.
황급히 일어나 달 조각 편지를 급히 뜯어보았다.
달빛 눈물에 얼룩진 짧은 글이 보였다.


　　(널, 갖고 싶었어,
　　아주, 아주, 오랜 그 옛날부터……)


　　－ 무소유자가

　잠자리를 박차고 일어나 창문 쪽으로 급히 달려가 보
았다.
　창문 안쪽엔 여전히 굵은 철사 고리가 굳게 걸려 있
었다.

# 첫날밤에 있었던 일

그녀가 극락이 어디 있느냐고 내게 묻기에
여기 있지 않느냐며 난 그녀의 알몸을 가리켰다.

그녀가 그럼 지옥은 어디 있느냐고 내게 묻기에
여기 있지 않느냐고 난 그녀의 알몸을 가리켰다.

그녀가 그럼 열반은 어디 있느냐고 내게 묻기에
난 그녀의 알몸을 가리키지 않았다.

좌부동 침실 벽만을 바라보았다.

그러자 그 꼴을 한심하다는 듯 한참을
말없이 등 뒤에서 지켜보고만 있던 그녀가
수줍게 벗은 옷을 주섬주섬 챙겨 입더니만,

갑자기 팔딱! 자리에서 용수철처럼 튕겨져 일어나
방문을 홱! 열어젖히고 나가더니
탕! 하고 방문을 닫고는 돌풍처럼 사라져버리고 말았다.

방안에 휘익, 하고 후폭풍이 일었다.

신혼 첫날밤의 일이었다.

# 등신

사람의 등이 절벽일 때가 있다
그 절벽 앞에 절망하여 면벽하고 있을 때가 있다
아주 오래토록 절벽 앞에 면벽하고 있어 본 사람은 안다
그 절벽이 얼마나 눈부신 슬픔의 폭포수로 쏟아지는
짐승의 등인가를 …… 그리고 마침내는 왜?
그 막막한 절벽을 사랑할 수밖에는 없는 가를……
자신에게 등을 돌리고 앉아 있는 이의 등 뒤에 앉아
오래토록 말이 없이 면벽해 본 사람은 안다
난 늘 그렇게 절벽 앞에서 묵언정진 해왔다
내게 등 돌린 사람만을 그렇게 사랑하곤 했다
난 내게 등 돌린 이의 등만을 사랑한 등신이었다
사랑에 있어서 난 신神의 경지에 오른 등신이었다

# 장님거미

찰나를 포착한 내 눈빛의 그 순간은 그 얼마나 거미줄
처럼 길고도 길었던가
네 눈빛은 순간이었지만 네 눈빛을 포착한 내 눈빛은
영원이었네
난 빛의 사진사였고, 넌 빛나는 나의 풍경이었네
난 네 눈부신 전라全裸의 빛, 그 황홀한 순간을 내 두
눈의
조리개로 사로잡아 내 영원한 기억의 거미줄 암실에
가둬놓곤 인화했네
그러나 난 미처 몰랐었네, 내 기억의 필름은 이미
암실로 스며든 네 눈부신 빛에 의해 하얗게 탈색되어
버렸다는 것을,
내 기억의 암실은 네 눈부신 전라全裸에 의해 이미 대낮
처럼 환해져버렸다는 것을,
그러나 내 슬픔은 잃어버린 내 암실 때문이 아니었네
다시는 되찾을 수 없는 너와의 인연, 그 끊겨진 전생
의 희미한 거미줄에 대한 기억,
한번 하얗게 빛 바랜 기억의 필름은 다시는 인화할 수
없다는 것,

때문이었네, 그러나 난 다시 너와의 기억의 거미줄을
자아낼 수 없다네
　기억 할 수 없는 널 다시 기억해 내기 위해
　난 날마다 내 끊겨진  환한 거미줄 망각의 암실 속을
헤매네
　어두운 극장 안에서 갑자기 환한 대낮 거리로 나온 눈
부신 관객처럼
　난 환한 내 기억의 암실 속에서 네 빛을 찾아 다리 지
팡이로 더듬더듬 헤매네
　사랑한다는 것은 더듬더듬 너의 빛을 찾아가는 일,
　그러나 난 네 눈부신 빛에 두 눈이 멀어 네 빛을 찾지
못하네
　난 사랑에 눈 먼 눈 뜬 소경이네
　잊혀져 간다는 것은 어두워져 가는 일이었네
　환하게 어두워져 가는 일이었네


* 장님거미는 더듬이가 없고 다리가 더듬이 역할을 하며 거미줄을
　만들지 못한다고 한다.

3부

# 식사

인간은 홀로 있으면 모두 천사처럼 착해진다
그러나 인간은 홀로 하려해야 도저히 홀로 할 수가 없다
원래 인간은 태생이 반쪽 태생이기 때문이다
인간의 슬픔은 나머지 반쪽의 상실로부터 왔다
서로 사랑하면 선해진다는 것은 새빨간 거짓말이다
홀로 있어야 선해지고 선해져야 사랑한다
부처나 예수도 홀로 있어 사랑에 이르렀다
그러나 반쪽들은 홀로 있을 수가 없어 사랑을 한다
하지만 그건 사랑이 아니다, 허기다
반쪽이 날마다 나머지 반쪽을 허겁지겁 찾는 것은
사랑 때문이 아니라 고픔, 그 허기 때문이다
홀로 있음은 늘 스스로 충만하여 허기지는 일이 없지만
반쪽은 허기를 채울 때 말고는 늘 허기져 있다
인간은 품위 있는 식사를 위해 사랑이란 말을 개발했다
사랑은 둘이 하는 것이 아니라 홀로 하는 것이다
둘이 하는 것은 사랑이 아니라 식사다
인간은 둘이 있으면 모두 아귀처럼 악해진다

# 길 잇기1


한 팔로 그녀의 낭창한 버들 허리를 꼬옥 껴안고 어둑
한 골목길을 타박, 타박, 걷는데

갑자기 그녀가 어둠 속에서 내 두 발 앞에 전봇대처럼
우뚝, 멈춰선다

그러더니 초록별 두 눈을 반짝이며 말없이 내 얼굴을
빤히 바라다보는 것이었다

그러다 뜬금없이 내게 자신의 길에 대해 묻는다

난 그녀의 찌를 듯한 눈빛 공안公案에 잠시 전봇대 흐린
불빛처럼 흔들리다가

문뜩, 뇌리에 스치는 한 소식 있어 이렇게 재빠르게
답변해 줬다

키스경이란 경전에 그 길이 있다고……

그러자 그녀는 초록별 눈을 더욱 팅클~팅클~ 반짝이
며 다급히

어서 그 경전 속 길을 가르쳐달라고 내게 재촉했다

난 반짝이는 호기심어린 그녀에게 **아-** 하고 입을 벌
려보라고 했다

흔들리는 전봇대 불빛 속에서 그녀의 터널 안, 끊겨진
황톳길이 보였다

난 순간, 재빨리 내 터널 입구로 그녀의 터널 입구를 봉쇄하듯 덮어버렸다

그리곤 내 터널 안의 끊겨진 황톳길을 빼내 그녀의 끊겨진 황톳길과 잇기 시작했다

그러나 어두운 터널 안에서의 길 잇기 공사는 결코 쉽지가 않았다

그렇게 끊겨진 황톳길끼리 엎치락뒤치락 질척한 난공사가 한동안 이어졌다

그러나 애쓴 보람도 없이 결국 길 잇기 공사는 실패로 끝나버리고 말았다

어두운 터널 경전 안은 치솟아 올라온 지하수 물만 흥건히 질퍽했다

난 끊겨진 내 황톳길을 내 터널 안으로 도로 거둬들이고야 말았다

그러자 그녀와 나의 터널 입구가 다시 콱, 막혀버리고 말았다

무너진 침묵의 흙더미만이 두 터널 입구를 무겁게 짓누르고 있었다

결국 난 그녀에게 아무런 길도 가르쳐 주지 못했다

# 길 잇기2

밤새 네 배꼽을 들여다보다가 어스름 새벽녘, 난 그만
배꼽을 잡고 포복절도 까르르, 까르르, 방바닥을 나뒹
굴고 말았지
어쩌면 네 그건 찌그러진 단추처럼 그렇게 못생겼는
지……
넌 그걸 윙크라고 밤새 내게 했니?
그런데 난 네 그 윙크가 왜 그리 슬퍼 보일까?
찰리 채플린의 찡그린 눈웃음 뒤에 숨은, 그 우수 어
린 슬픔 같은,
난 웃다가 그만 네 배꼽 앞에서 내 배꼽을 잡고 울어버
리고 말았네
너의 힘겹고 수줍은 그 윙크로 슬픔에 슬픔이 덮치듯
우리가 밤새 우리의 배꼽을 열심히 맞춘다 해도
한번 가위로 절단 난 우리의 우주의 끈이
다시 영원한 우주적 기쁨으로 이어질 수 있을까?
그런데 아니 이건 무슨 해괴한 주책바가지인가?
갑자기 내 다리 가랑이 사이 한가운데에서
네 또 다른 배꼽을 향해 주책없이 일어서는
끊겨진 나의 또 다른

슬픈 탯줄 하나……

# 슬픈 직선

여자여! 미안하다
이제야 고백하마
내가 사랑한 것은 네가 아니었다
네 몸의 곡선일 뿐이었다
내 직선이 잠시 너의 곡선을 꿈꾸다
다시 꼿꼿한 나의 자태로
꺼이~꺼이~ 울며 돌아갔을 뿐이다
넌 내 욕망이 아니었다
내가 꿈꾸던 꿈꾸는 곡선이었다
난 슬픈 직선이었다

# 농부

그날 밤, 내 곳간에 소중히 저장해 두었던
종자 씨앗들을 꺼내 아내의 밭이랑에 뿌리자
몇 달 후, 아내의 부풀어 오른 젖가슴엔
검 분홍빛 꽃망울 두개가 슬픔처럼 오롯이 맺혔다.

그리고 그 해 늦가을, 아내의
뱃속 넝쿨 가지에 거꾸로 힘겹게 매달려 있던
실한 둥근 호박덩이 하나가 아내의 밭고랑 사이로
쿵! 하며 머릴 처박으며 아프게 떨어졌다.

그 해 작황은 그런대로 좋았으나 앞날의
일기예보 전망은 아무래도 심상치가 않았다.

기상청 당국자의 말에 의하면 앞으로도
지구의 계속된 온난화로 인해 한반도에도
가뭄과 홍수와 태풍과 폭설 등 잦은 기상이변이
갈수록 극심해 질 것이라고 보도했다.

더군다나 아내의 밭고랑 사이에서

한 해 결실을 수확하던 그 날, 칠레에 이어
미국과의 자유무역협정 협약이 체결되었다는
청천벽력 같은 소식도 있었다.

누구는 내일 지구가 당장 멸망한다 해도
오늘 사과나무를 심으라고 했다지만
그날 밤 난 아무래도 파종을 괜히 한 것만 같았다.

# 정오 12시
— 김수환 추기경의 선종을 추모하며


선종善終이다!


명동성당 종루에서 선한 종이 댕, 댕, 거리에 울려 퍼
진다. 종이 울리자 시계 초침처럼 초조히 움직이던 명동
의 사람들이 갑자기 정물들처럼 한 시각 한 곳을 향해
일제히 멈춰 선다. 정오 12시에 정확히 멈춰선 고장 난
종탑시계 바늘들처럼 일체 한 치의 미동도 없다. 마치 고
요하기가 '그랑자트의 섬의 일요일 오후'* 같다.


그 생경하고 이상한 정오의 정물들 틈 사이로 역린逆鱗
의 은빛 물살처럼 재빠르게 소용돌이치며 빨려 들어간
다. 걷잡을 수 없이 빨려 들어가다 언뜻, 흐려진 순간의
의식, 의식의 순간, 그 한 올의 멈춘 순간을 붙잡고 고갤
젖혀 명동 성당 종탑시계를 올려다보니,


정오 12시.


고장 난 종탑 둥근 유리관 속에 삼위일체로 안치된 한
몸의 시곗바늘들처럼 정오 12시 앞에 정물처럼 우뚝 멈

춰 선다. 성모마리아 성화가 그려진 성당 건물 벽면 스
테인드글라스 볼록 유리창에 머리가 으깨진 잿빛 한 올
의 희미한 의식이 순간, 무지개 빛을 발하며 새의 깃털
처럼 공중으로 눈부시게 퍼져 오른다. 순간에,

　순간의 모습을 잃지 않고, 순간 속에 멈춰 선 것들은,
이미 영원 속에 고요히 서 있다. 멈춰선 정오 12시가 마
치 살지도 않고 죽은 자의 얼굴처럼 지극히 고요하다.
그러나 고요 속에 우뚝 멈춰 섰어도 아직 이 고요를 이
해하지 못한다. 멈춤 속에 멈춰 서서도 멈춤을 도저히
이해할 수 없다. 아직도 믿기지 않는 죽음의 순간, 순간
의 죽음, 그 번개의 순간이 순간의 어깨 위를 죽비로 내
리치는 환한 그 순간,

선종禪終이다!

　장엄하게 고장 난 정오 12시의 명동 성당 안, 투명한
유리관 속 추기경의 고요히 멈춘 회분색 물살무늬 주름
진 얼굴 표정이 정확히 정오 12시 쪽을 향하고 있다. 그

러나 고장 난 표정은 아니다. 멈춘 표정 속에서도 고요
로 냉장된 주름진 시간은 계속 고장 난 정오 12시,

  그 고요한 호수 위를 잔물결처럼 잔잔히 흘러가고 있
다.


* 그랑쟈트 섬의 일요일 오후-조르주 쇠라 작품. 이상하기까지 한
  정지와 정적의 인상을 그린 작품 개개의 대상은 모두 현실적인 것을
  재료로 하면서도 전체적으로는 전혀 비현실적인 인상을 주는 묘한
  작품

# 차마고도



삶이 고달파, 삶이 너무 신산스러워,
도무지 더 이상은 살고 싶지가 않을 때,
그땐 그댄 차마고도에 가 보아라
그곳 천길 낭떠러지 저승 같은 샹그릴라 대협곡,
덜컹~덜컹~ 너덜겅 길, 그 길 아닌 길을
비 주룩주룩, 눈 펑펑 맞으며,
나날을 잊은 채 묵묵히 걷고 있는
마방들의 길고 긴 침묵의 소리 행렬을 보아라
차마 가볼 수 없는 곳, 차마고도에 가 보아라
살아, 간다[行]는 것이
살아, 가고[行]있다는 것이
왜 위대한 것인지 그댄 곧 알게 되리라
몇 자루의 거친 소금을 몇 자루의 거친 곡식과
좀 더 나은 조건에 맞바꾸기 위해
아내의 탐나는 몸을 형님, 혹은 아우에게 의탁하고*
해발 이천 미터에서 오천 미터,
신선조차도 차마 오를 수 없는 길, 차마고도,
천 년 얼어붙은 달빛 별빛도 말발굽 소리에 부서져
눈 시린 만년설로 쌓인 그 가팔진 메리설산 너덜겅 길을

무심히 터걱, 터걱, 된 무릎 꺾어 기어오르는,
삶과 죽음의 편차가 편자처럼 닳고 닳아
그 경계가 무뎌질 대로 무뎌진 길,
전장공로에서 천장공로로 이어지는 구불~구불~
그 끝이 안 보이는 덜겅~ 덜겅~ 너덜겅~길,
굽은 말발굽들의 길고 긴 침묵의 소리 행렬만이
샹그릴라 대 협곡에 영원처럼 울려 퍼지는 곳,
죽은 애인 이름 부르듯 샹그릴라~하고 소리치면
샹그릴라~ 샹그릴라~샹그릴라~샹그릴라~하며
환생하듯 죽은 저승 애인이
현재의 영원으로 생생하게 되살아나는 곳,
그곳 차마고도에 가보면
왜 먹고 살아가는[行] 그 길이 구도求道의 길이라 하는지,
아니, 왜 먹고 살아가는[行] 그 일이 도道라 하는지,
그댄 곧 뼛골 사무치게 알게 되리라
그리고 그렇게 죽음의 거친 뒷발굽에
삶의 굽은 앞발굽이 턱, 턱, 걸어 채여 가며 걷고 또
걷다
삶의 발길인지 죽음의 발길인지 도무지 모를

그 무성한 말발굽들 침묵의 소리 행렬 속에서,
마침내 된 무릎 뚜둑, 뚝, 꺾고 벌러덩 모로 누워
갈색 동공 번쩍 치켜 뜬 채
멍하니 천장지구, 그 허허 창공 올려다보며
거친 호흡 구름처럼 헉, 헉, 토해내다
말없이 죽어가는 말처럼 그렇게 죽어간다는 것이
왜 위대한 것인지 그댄 곧 알게 되리라
말이 사람인지, 사람이 말인지,
도무지 구분이 안가는
그 마방들의 길, 까마득히 잊혀진 우리들의
오래된 미래,**

차마고도에 가보면.


* 형제공처: 그곳 마방들은 먼 길을 떠나기 위해 집에 있는 아내를 혼자
  둘 수 없어 형제가 한 명의 아내와 결혼한다. 세 명의 형제가 한
  사람의 아내를 거느리기도 한다.
**오래된 미래―인도의 작은 마을 라다크에서 언어학자이며
  사회운동가인 헬레나 호지가 그곳에서의 생활을 이야기 한 책의 제목.

# 경전이 불경不敬

몽골고원의 꾀죄죄한 유목민 아낙과
그 아낙의 거지 같은 코흘리개 아이들이
드넓은 초원의 허술한 천막 앞에서 웃고 있다
그 웃음들이 고원의 푸른 하늘처럼 티 없이 해맑다
어른 웃음과 어린애 웃음에 별 차이가 없다
어린애와 같아야 천국에 간다는
그런 경전은 이곳에선 휴지감도 안된다
이곳에선 초원의 온갖 푸른 풀들이
다 똥꼬 닦는 휴지이기 때문이다
대저 세상의 훌륭하다는 온갖 경전이란 경전은
서로 물고 물어뜯으며 살아가는
정글 사바세계 아귀 족속에게나 필요할 뿐,
그 따위 경전이 이곳에서 무엇에 쓰이겠는가?
세상 구석구석까지 전도하려 하지 마라
이곳에선 성경도 불경도 불경不敬스럽다

# 구경꾼

난 인생의 영원한 구경꾼이고 싶었다
인생의 무대에 엑스트라라도 끼고 싶지 않았다
구경만큼 재미있는 것이 없었기 때문이다
그런데 이젠 구경도 별 재미가 없다
내 몸의 아홉 구멍, 그 구경九境도,
그 구경으로 내다보는 바깥세상, 그 구경도
이젠 시들하다
과연 무대 위의 주인공들은 주인공들인가?
그리고 객석의 나는 누구의 구경거리인가?
문득, 무대 위의 주인공들이 구경꾼인 객석의 나를
의혹에 찬 시선으로 내려다보고 있다
난 얼른 그들의 차가운 시선을 피해 극장 밖으로 달아
난다
구경이 사라진 극장 밖은 고요하다
그 곳엔 주인공도 구경꾼도 없다

# 소라게

  본시 타고나길 집 없는 노숙자 신세로 서러웁게 태어
났다
  그래서 남이 살다가 길에 버리고 간 빈집을 주워 그 속
에 들어가 산다
  그런데 자신이 집을 비운 사이 누가 혹,
  자신의 빈집에 들어가 살까 봐 늘 전전긍긍 대며 생을
살아간다
  그러다 이젠 아예 그 빈집을 등에다 우주처럼 짊어지
고 살아간다
  게적, 게적, 옆으로 게걸음을 칠 때마다
  그의 우주가 중심을 잃고 떨어질 듯 좌우로 기우뚱댄다
  그때마다 그의 몸집이 그의 우주집과 하나가 되어 기
우뚱댄다
  지나가던 사람들이 그 요상스런 모습을 보고
  몸과 마음을 텅 비우시고 범아일여梵我一如 우주와 한 몸
의 경지를 이루신
  대덕大德 큰 스님이라 연신 감탄을 해대며 가던 발걸음
멈추고 서서
  허리 깊숙이 숙여 두 손 모아 합장공경을 해대지만,

천만에! 고달픈 지게꾼 생활이 아닐 수 없다
차라리 사람들의 감탄과 공경 어린 눈길을 피해
자신의 평생 등짐인 우주집을 발아래 아무데나 부려놓고
얼른 게눈 감추고 들어가 자신의 몸집을 숨기고 싶은
심정이다
그러나 눈 어둔 중생들이 이런 자신의 다급한 속내를
알 리가 없다
하지만 하루 종일 기우뚱대는 고달픈 지게꾼 삶이
아무리 창피하고 고달프고 힘에 겹다하여도
집 없이 사는 노숙자 신세보단 백배천배 낫다고 생각
하기에
길에서 주운 집을 제 몸집인 양 평생 등짐지고 살아
간다
등뼈가 휘어지도록 기우뚱대는 우주적 삶을 짊어지고
게적, 게적, 옆걸음 치며 힘겹게, 힘겹게, 살아간다


보통 집執이 아니다

# 낙타


난 등에 산을 지고 사막을 횡단하고 있는 한 사람을 보
았네
그는 늘 그 육중한 등짐을 사막 어딘가에 부려놓고 싶
어 했네
하지만 그는 산이 너무 좋아 산을 내려놓을 수가 없었네
산에 오르고 싶어도 산을 등짐 지고 다니는 바람에 산
에는 오를 수 없는 사람,
등뼈가 움푹 꺼지도록 육중한 산을 등에 짊어지고
검고 긴 마스카라 속눈썹 그늘 위에
사막의 흰 모래먼지 수북이 쌓아 올려놓는 채
머—언 신기루 속 수미산을 찾아 뜨거운 사막 위를
평생 맨발로 터벅, 터벅, 걷고만 있는 산 같이 고독한
사람,
하지만 그는 사막 그 어디에도 산을 부려 놓을 수가 없
었네
생각은 수미산같이 높으나 외로움은 사막처럼 끝없이
펼쳐져 있어
등짐을 사막 어디에도 부려놓을 수가 없었네
쏴—아 하고 부는 사막 모래바람에 비단결 모래의 강

위를

　싸르르르~ 싸르트르~ 흘러가는 산 하나……

　그 고독한 산 하나, 정처 없이 사막을 홀로 횡단하고
있었네

　당장이라도 저 육중한 등짐을 사막 아무데나 부려놓기
만 하면

　그렇게 평생 오르고 싶어 하던 수미산에 오를 수 있으
련만,

　그러나 그는 그만 산이 너무 좋아 산을 등에서 차마 내
려놓을 수가 없었네

　산을 평생 등짐지고 살아, 평생 산에는 오를 수 없는
사람,

　난 산을 등짐 지고 평생 사막을 걷고 있는 산 같은 한
사람을 보았네

　수미산 같은 한 사람을 보았네

4부

# 돌멩이 품은 독수리

암컷 독수리 한 마리가 주먹만 한 돌멩이 하나를 품에
소중히 품고 있다
바로 그 옆에선 매서운 눈매의 수컷 독수리가
잔뜩 긴장된 표정으로 연신 주위의 동태를 유심히 살
펴보고 있다
사람들은 이를 두고 상상임신이니
알을 낳기 위한 예비연습이라느니 입방아를 쪄대지만,

천만에! 그것은 그야말로 상상력이 뛰어난 무명 중생
들의 헛소리일 뿐이다
암컷 독수리가 돌멩이를 돌멩이인 줄 모르고 품고 있
는 것이 아니다
돌도 품으면 알처럼 부화시킬 수 있을 것이란 믿음 때
문이다
이젠 제 알 따윈 별로 품고픈 마음이 없다
제 알을 품으면 남을 해치기나 하는 자신 닮은 독한 독
수리 새끼나 태어나겠지만
돌멩이를 품으면 혹, 자비로운 부처가 태어날지도 모
를 일 아닌가?

숨소리조차 죽인 채 좌부동 고요히 한 자리에 가부좌 틀고 앉아
저렇게 지극정성으로 품는데 하물며 돌멩이에서 돌멩이가 태어나겠는가?
사람들은 저 독수리 부부가 날개를 다쳐 십여 년 전부터
방사장 안에서 보호받는 갈 곳 없는 조류라고 입방아를 쪄대지만,

천만에! 저 독수리 부부 한 쌍은 십여 년 전 스스로 날개를 꺾고
빗장을 단단히 걸어두고 무문관 안에 스스로 든 평생 도반이다
돌멩이를 품어 잘 생긴 부처 하나 세상에 낳아놓지 못하면
절대 무문관 밖으로 한 발짝도 내딛지 않겠다고

용맹결사 맺은.

---

* 경기도 파주시 감악산에 위치한 한국조류보호협회의 '조류방사장'에서 독수리 암컷 한 마리가 돌멩이를 품었다. 암컷이 짝짓기와 비슷한 행동을 한 뒤 돌을 품어 '상상임신'인지, 아니면 알을 낳기 위한 준비인지 관심이 집중되고 있다.

# 구공탄

태초에 조물주 하나님께서는
자신의 형상을 본뜬 사람을 지으시며
사람의 몸 안에
시뻘건 태양의 불길을 질러 놓으셨다
평생 꺼지지 않는,

그리고 그 불길에 온몸이 활활 타서
마침내 새하얀 재가 될 수 있도록
뜨거운 불길이 새어 나갈 수 있는
아홉 개의 구멍*도 몸에 친절히 뚫어주셨다

만일 그 구멍들마저도 뚫어주지 않으셨다면
난 팔소매를 걷어붙인 후,
주먹을 불끈 쥐고 하늘을 향해
보기 좋게 힘껏!
쑥떡 감자를 먹여댔을 것이다


* 사람의 몸에는 아홉 개의 구멍이 있다. 궁금하면 세어보시길……

# 팔만 사천 대장경
— 생태 열반론3


참 인간들 못 됐다
얼마나 못 됐으면 저 많은 경들을 필요로 했을까?
돌아가신 우리 할머니,
"남에게 해 끼치지 말고 착하게 살아라" 이 말씀 하나
평생 잊지 않고 살기도 머리가 빠개지거늘,
옛날 우리 할머닌 글자 한 점 모르고
평생 까막눈으로 남 도우며 착하게 사시다 가셨다
그러다 어느 날 밭에서 잡초 뽑다 말고
"나 낮잠 자러 간다" 하고 토방에 들어가 주무시듯 가셨다
  임종게 하나 남기지 않고 바람처럼 조용히 가셨다
글 깨우치지 못해 도道 깨치지 못했나?
그래서 우리 착한 할머니 지옥 가셨나?
팔만 사천 대장경 그게 다 무어냐?
착한 짐승 깨우쳐 못된 인간 만들지 마라
우리 할머닌 순한 짐승이셨다
착하고 순한 양이셨다
순한 짐승이 경 읽던가?

경을 칠 인간들……

# 붓다와 콘돔
— 현대 문명에 대해

그의 성장은 나날이 작아져가는 것이었다

그는 나날이 성장하기 위해 우루벨라 고행 숲 속으로
들어갔다

그는 그곳에서 목숨을 건 고행을 마다하지 않았다.

살과 뼈가 타들어가는 고행 때문이었을까?

세상 전체가 하나의 거대한 콘돔처럼 점점 부풀어 성
장해 가고 있을 때,

그는 점점 졸아들어 마침내 겨자씨만 해졌다

그러다 그는 마침내 세상에서 가장 작은 점이 되었고

마침내 그 점마저 소실점이 되어 사라질 때

어디선가 뻥! 하는 고막을 터뜨리는 듯한 거대한 폭발
음 소리가 들려왔다

허공에 거대한 함선처럼 부풀어 떠 있던 콘돔 터지는
소리였다

하늘을 다 가릴 것만 같았던 거대한 콘돔이 지상으로

툭, 하고 찢어진 고무장갑처럼 힘없이 떨어져 내렸다

그러나 가장 작아서 이미 소실되어버린 가장 큰 소실
점은 터지지 않았다

허공엔 겨자씨만한 구멍도 없었다

그는 가장 완전하고 거대한 성장을 이룩해 냈다

# 고인돌

사랑의 슬픔에, 그리움에, 소리 내어 우는 그대여!
그대가 사랑의 슬픔이, 그리움이, 뭔지 알고 싶거들랑
비바람 치는 저 너른 벌판으로 미친 바람처럼 뛰쳐나
가 보아.
그리고 너른 벌판 한 가운데 외롭게 주저앉아 있는 천
년 풍상,
부처처럼 말을 잊고 앉아 있는 저 수행석修行石, 고인돌
앞에 서 봐.
그럼 그대는 그대의 생이 끝나기 전에 혹, 알게 될지
도 몰라.
저 고인돌이 천 년 전에 그대가 돌처럼 버린 그대의 사
내란 것을,
천 년, 저 한 자리에 주저앉아 눈물이 고였다 마르고
말랐다 고인 끝에
마침내 온몸이 돌이 되어 있는 사내가 저 고인돌이란
것을,
그리운 그댈 찾아 미친 바람처럼 벌판을 헤매고 다니다
끝내 딱딱한 돌로 굳어버린 천 년 이끼 긴 검은 그리움,
그 돌 가슴에 비바람 풍상으로 새겨진 그 아픔의 비문

을 읽어 봐.

해독할 수 있는 그리움은 그리움이 아니란 것을 알게
될 거야.

해독할 수 있는 슬픔은 슬픔이 아니란 것을 알게 될
거야.

모든 것을 잊는다는 것이 무엇인지 알게 될 거야.

오직 한 생애를 그대 잊는 것에 몸 바친 자의 고독,

고인돌 앞에서는 소리 없이 눈물 흘리지도 마.

천년 고독 앞에서 운다는 것이 얼마나 사치스런 것
인지,

사랑의 슬픔에, 그리움에, 소리 내어 우는 그대여!

그대가 사랑의 슬픔이, 그리움이, 뭔지를 알고 싶거
들랑

저 벌판 한 가운데 주저앉아 있는 저 천 년 '돌 고독'
앞에 홀로 우뚝 서 봐.

그리움에, 보고픔에, 목이 메여 마침내 돌이 된 사내,

그 천 년 돌맨* 앞에 서 봐.

그럼 그대는 그대의 생이 끝나기 전에 혹, 알게 될지
도 몰라.

천 년을 한 자리에 고여 있다는 것이 뭔지를.


* 돌맨: 고인돌은 선사시대 돌무덤의 일종으로 영어로는 돌맨Dolmen
  이라고 한다

# 가을 엽서葉書
— 홍해리 시인의 '엽서'를 읽고

임이 제게 보내주신
난향蘭香 엽서,
천 리를 달려와 이제 마악
내 창문에 닿았습니다

숨 가쁜 마른 낙엽 하나
창문 밖, 텅 빈 가을 뜨락에
툭, 하고 떨어집니다

창문을 열지 않아도
방안에 난향이 서늘합니다

임은
묵언정진 중인 저를 염려해
'답신을 사절하라'* 하시지만

임의 엽서 잘 받았습니다

답신은 아닙니다

제 혼잣말입니다

묵언정진 중에 한 실언이었습니다
그 실언의 구업으로
앞으로 천 년을 입을 닦겠습니다

지금은 새벽 세 시
텅 빈 우주 한마당에
떨어진 한 장의 마른 육신
덩그마니 홀로 앉아

말 없는 말, 제 묵언 육필을
임이 제게 보내주신
읽지 않은 난향 엽서에 실어

천릿길,
임을 향해 돌려보내 드렸습니다

그러나

'아직 닿으려면 족히 천 년은 걸릴 겁니다.'*




* 홍 해리 시인의 '엽서' 중에서

# 소가 넘어갔다

소가 넘어갔다.

어떤 날은 봄 아지랑이 아른아른 피어오르는 산등성 너머로 소가 넘어갔다.

또 어떤 날은 퍼붓는 장맛비 폭포수를 뚫고 산등성 너머로 소가 넘어갔다.

또 어떤 날은 가을볕 따가운 산등성 너머로 소가 넘어갔다.

또 어떤 날은 눈발 하얗게 휘날리는 흰 산등성 너머로 소가 넘어갔다.

난 그때마다 소 잡으러 소 달음질쳐 산등성 위로 올라갔으나 번번이 허탕이었다.

나의 전생全生이 온통 견우見牛뿐이었다.

소를 처음 놓친 후, 견우牽牛였던 적은 단 한번도 없었다.

소가 소를 놓친 고삐 풀린 한심한 세월이었다.

내 평생 소가 넘어갔다.

내 평생 속아 넘어갔다.

난 평생 소가 넘어가는 것을 보며 속아 넘어갔다.

한 손엔 늘 고삐 풀린 내 생애만 달랑 들려 있었다.

소가 속아 넘어갔다.

한바탕 꿈이었다.

# 수레바퀴
— 탈 중심 시대에 대해


수레바퀴의 중심은 텅 비어 있다
그 텅 빈 중심이 커다란 수레바퀴를 굴린다
빈 중심이 탈 중심되면
수레바퀴가 빠져나가 너덜겅 언덕 아래로 굴러 떨어진다
굴러 떨어지다 결국은 바위에 부딪쳐 와직끈, 부서진다
수레바퀴가 부서지면 빈 중심도 부서진다
보리 없이 윤회 없다
요즘 세상 수레바퀴가 엉망으로 부서지게 된 것은
빈 중심이 탈 중심되었기 때문이다
빈 중심이 탈 중심되어 수레바퀴가 탈나버렸기 때문이다
빈 중심으로 중심을 잡지 못했기 때문이다
그런데 왜 탈 중심인가?

# 맨발론


이스라엘이 신의 이름으로 신의 마을 팔레스타인 가자
지구에 무차별 소나기 폭탄세례를 퍼붓던 날,
　동창회 모임을 마치고 나오다 음식점 현관에서 신을
찾아 신으려는데, 갑자기 누가 내가 신는 신이 자기 신이
란다.
　그리곤 자신이 반쯤 구겨 신고 있던 신을 내게 벗어주며
　신이 바뀌었다는 것이었다, 쳐다보니 신이 똑같았다
　이곳 저곳 살펴보아도 신발 문수도 같았고 제조 회사
도 같았다
　하지만 내 신은 그 누구보다 내가 더 잘 알고 있었다
　그러나 그는 끝까지 제 신이 맞다고 우겼고,
　나는 끝까지 내 신이 맞다고 우겼다, 술김에
　내 신 네 신 다투다 급기야 서로 간에 종주먹질까지 오
갔다
　그런데 어라! 이게 웬일인가?
　옥신각신하다보니 신들이 감쪽같이 사라져버린 것이
아닌가?
　한참을 휘둘러 찾아보아도 신들이 보이질 않았다
　그러자 더 이상 내 신 네 신 다툴 이유가 사라져버렸다.

누군가 싸움질을 말리려고 신들을 어디다 갖다 내다버린 모양이었다

그와 난 갑자기 머쓱해져 씨-익, 웃고 말았다, 그리곤 내친 김에 술에 취한 그와 나는 어깨동무까지 하고 맨발로 달빛 깔린 밤거리를 비틀거리며 고성방가하고 돌아다니다 각자의 처소로 돌아갔다

오랜만에 달빛 하얗게 깔린 밤길을 맨발로 밟고 돌아다녔더니 마치 휘엉청 달 밝은 밤, 부신 달빛 밟으며 홀로 적적히 너른 들판을 거니는 맨발의 들짐승처럼 기분이 한결 가벼워졌다

죽은 부처가 관 속에 가만히 누워 있다 갑자기 불쑥,

관 뚜껑 밖으로 백련 꽃 같은 희고 고운 맨발을 내어놓은 연유도 다 나와 같은 이런 기분 때문이었을 것이다

# 성자 聖者

사람들에게 지쳐 쓰러져 종일토록 우는 사람들아!
모두 다 내게로 오라!


난 절대로 그대들을 원망하거나 미워하지 아니하며
난 절대로 그대들을 시기하거나 질투하거나 모함하지
아니하며
난 절대로 그대들에게 나를 자랑하거나 교만하지 아니
하며
난 절대로 그대들 것을 탐내어 나의 유익을 구치 아니
하며
난 절대로 그대들 자릴 빼앗거나 불의를 기뻐하지 아
니하며
난 절대로 그대들 눈에 눈물이 흐르게 무례히 행치 아
니하며


난 오로지 그대들과 함께 기뻐하고 슬퍼하며
난 오로지 그대들의 성냄을 오래 참고 온유하게 견디며
난 오로지 그대들의 모든 것을 믿으며 바라며
난 오로지 그대들을 위해 내 마음과 몸, 그 모든 것을

아낌없이 내바치며

　난 오로지 그대들의 아픈 몸과 마음의 상처를 씻어주
고 어루만져주며

　난 오로지 그대들의 지친 영혼을 안식에 들게 하는 자
이니,


　사람들에게 상처받고 쓰러져 우는 사람들아!

　모두 다 내게로 오라!

　내 그대들을 고통의 나라에서 구해 주리라……


　모두 다 견공犬公님 찬미!


　– 이상은 멍멍교 교전 13장 말씀이었습니다


* 위의 시는 신약성경 고린도 전서13장을 패러디한 것임.

# 사랑, 그 이후의 사랑

네 몸 안에 불이 붙었구나
과연 화택火宅이구나
날 사랑하고 있구나
네 깨진 눈창 밖으로
시뻘건 불길이 확! 확! 치솟아 나오고 있구나
화마火魔의 뜨거운 혓바닥 같구나
그 혀로 날 널름 삼켜버리겠구나
119를 불러도 소용 없겠구나
부처를 불러야 겨우 끌 수 있겠구나
그 불길을 내게 바치려 하느냐?
다비식장으로 오거라
내 사랑을 네게 보여 줄 테니……
불길이 꺼진 후,
그 이후의, 잿더미 같은
고요한 내 사랑을 네게 보여줄 테니……

# 줄탁동시啐啄同時2*

1.

부화시킬 종란種卵을 깨먹었다고
할머니한테 된통 야단맞았다
난 뒤란 닭장 울타리 안에 몰래 숨어들어가
병든 닭처럼 끄륵, 끄륵, 한나절을 울어댔다
그러다 싸늘히 식어가는 달걀 하나를 품에 품고
짚풀 위에 비스듬히 쓰러져 누워 끄르륵, 잠이 들었다
잠결에 품에 품고 있던 달걀 속 병아리가
제 둥근 감옥 벽을 부리로 톡, 톡, 쪼아댔다

2.

어디선가 새벽닭 홰치는 소리 어렴풋이 들려오고
희부윰한 새벽이 내 안에 슬픔처럼 밝아왔다
어미 닭이 알을 품듯 밤새
가부좌 틀고 조용히 한 자리에 앉아 있어도
내 유년의 품속 달걀은 아직 깨어지지 않고 있다

3.

─새는 알을 까고 나오려고 투쟁한다, 알은 세계다

태어나려는 자는 하나의 세계를 깨뜨려야 한다-*


그러나 닭의 모가지를 비틀어도
난 아직도 캄캄 밤중이다


줄啐한 지가 언제인데,
불혹을 지난 지가 그 언제인데,
난 아직까지도 미혹 속에서 깨쳐나지 못하고 있다


죽비가 내려쳐졌다


탁啄!




* 헤르만헤세 '데미안' 중에서.
* 줄탁동시啐啄同時: 새가 알에서 부화할 때 새끼가 안에서 톡톡 쪼는
  행위[啐]와 어미가 밖에서 탁탁 쪼는행위[啄]가 동시에 일어날 때
  비로소 두꺼운 알이 깨진다는 말이다.

# 모심


?
꽃을
보면 꽃을
모시고 꽃 진 자리를
보면 꽃 진 자리를 모시고
돌을 보면 돌을 모시고 예수를 보면
예수를 모시고 부처를 보면 부처를 모시고
똥 막대기를 보면 똥 막대기를 모시고 달을 보면
달을 모시고 달을 가리키던 손가락 끝을 보면
손가락 끝을 모시고 보면 보는 대로 모시다가
그렇게 닥치는 대로 모시다가 때 되면 보지
도 말고 모시지도 말아야지 그땐 모신
것 모두 다 버려 버려야지 사라진
텅 빈 그 자리들을 모셔야지
모심 없는 그 빈자리
들을 모셔
야지
*

# 농담

태어난 것도 농담,
늙어가는 것도 농담,
병드는 것도 농담,
죽는 것도 농담,
지옥도 농담,
극락도 농담,
윤회도 농담,
열반도 농담,
하나님도 농담,
부처님도 농담,
농담도 농담,

일체가 농담 아닌 것이 없으니
만약 이 농담들이 농담인 줄을 알면
그댄 진담에 이르리……

농담 중에
진담 한번 해 보았느니……

# 사랑과 구도求道, 그 견고한 결속의 시학

유 성 호(문학평론가 · 한양대교수)

## 1. 시적 생애의 중간 결산

김세형 시인의 신작 시집 『찬란을 위하여』(황금알, 2011)는, 흔치 않은 사랑의 열정과 각별한 구도求道의 열 망이 선고하게 결속하여 이루어낸 찬란한 언어의 향연이다. 아닌 게 아니라 시인은 스스로 "연애와 구도가 둘이 아닌 하나가 되는/찬란한 세상"(『자서自序』)을 꿈꾼다고 밝히고 있는데, 이러한 성속일여聖俗一如의 감각과 사유가 이번 시집에 가득 번져 있다고 할 수 있을 것이다. 시인은 직전 시집인 『사라진 얼굴』(불교문예출판부, 2008) 표제작에서 "궂고 험한 곳을 마다하지 않고 바람처럼 만행하다/끝내 인생의 답을 찾아내지 못한 채/빈 허공에 물음표 화두 하나만 달랑 걸어놓고/갑자기 사라진 얼굴"(『사라진 얼굴』)을 노래한 바 있는데, 바로 이 '사라진 얼굴'의 형상이 그가 궁극적으로 가 닿고자 하는 '사랑'과 '구도'의 합일체로 이번 시집에 나타난 것이 아닐까 생각해본다. 우리가 잘 알듯이, 좋은 시인은 명료한 답을 제

116

시하는 사람이 아니라 예리한 화두를 개성적으로 던지는 사람이라는 것을 김세형 시인은 지금까지의 시력詩歷과 이번 시집 사이의 연속성을 통해 보여주고 있다 할 것이다.

우리가 보기에 김세형 시편들은 한결같이 '사랑'과 '구도'를 근간으로 하는 "사무사 정신의 범주"(공광규)에 들어 있으면서, 한편으로는 "담백하면서도 고미한 문자향"(이은봉)을 통해 첨예한 예술적 긴장을 도모하려는 노력으로 점철되어 있다고 할 수 있다. 더욱이 이번 시집은 지난 시집보다 확연하게 주제나 어법에서 매우 다양해하고 풍요로워진 외관과 실질을 취하고 있고, '사랑'을 근간으로 하면서 동시에 종교적 '구도'를 추구하는 심층 세계는 더욱 근원적인 형상을 취하고 있어 그의 새로운 약진을 예감케 해주고 있다. 그만큼 우리는 이번 시집 『찬란을 위하여』가 추구하고 탐색하고 있는 '사랑'과 '구도'의 차원을 반갑고도 소중하게 만나보게 된다. 이 길지 않은 글에서는 그가 이번 시집에서 노래한 가편佳篇들을 따라가면서, 그의 시적 생애에서의 중간 결산이라 할 수 있는 시적 지형을 탐사해보도록 하자.


## 2. '사랑'의 추구와 완성 의지

김세형 시집을 관통하는 가장 근원적이고 강렬한 에너지는 열정적 '사랑'의 시학에 있다. 우리가 잘 알듯이, '사랑'의 대상은 무심하게 죽어 있는 사물이 아니라 주체

와 동일한 욕망을 가진 살아 있는 존재이다. 따라서 우리가 말하는 '사랑'은 회귀적인 자기애自己愛가 아니라 상호 소통적 성격을 띠는 것이다. 물론 일방향적 짝사랑이나 외사랑이라는 것이 없지는 않지만, 궁극적으로 '사랑'은 쌍방향적인 것이다. 하지만 김세형 시편에서 사랑은, 귀환하지 못하는 외로운 목소리로 나타나는 경우가 많고, 쓸쓸함과 그리움 그리고 하염없는 결핍이 그의 사랑 시편을 절대적으로 감싸고 있다. 그렇게 사랑은 불모적이고 적막한 고독과 결핍 속에서 잉태된다. 다음 시편을 읽어보자.

살은 썩고 사랑의 골격만 남았다
그들은 사랑의 뼈까지 사랑했다.

단죄의 독화살이 이브의 가슴에 안긴
붉고 탐스런 능금을 관통했으나

아담은 독배를 마시듯
독 먹은 그 붉은 능금을 받아먹고는

죽어가는 이브를 가슴에 꼬옥 껴안은 채
입가에 행복한 미소를 지으며 죽어갔다.

시간의 모래흙 속에서

사랑의 골격만 쓸쓸히 드러났지만
그들은 결코 뜨거운 포옹을 멈추지 않았다.

신神은 죄진 그들을 동산에서 쫓아냈으나
그들의 사랑을 말릴 수는 없었다.

오천 년 동안이나 말릴 수 없었다.
―「발다로의 연인」 전문

여기서 '발다로의 연인'은 이태리 발다로에서 오천 년 전 신석기 유적을 발굴하던 고고학자들이 찾아낸 남녀 유골의 명명이다. 젊은이로 추정되는 이 두 사람은 서로 얼굴이 닿을 듯 가까이 마주 보고 있는 형상을 하고 있다. 서로 사랑했던 이들의 살은 비록 썩었지만 시인은 그 형상에서 오래된 육체의 잔상殘像이 "사랑의 골격"으로 남아 있음을 새롭게 노래한다. 가령 시인은 "그들은 사랑의 뼈까지 사랑했다."고 노래하는 것이다. 그렇게 '살'을 넘어 '뼈'에까지 닿은 사랑의 힘은, 구약 창세기의 아담과 이브 서사를 새삼 환기하면서, 더욱 가파르고도 치명적인 사랑의 내러티브로 연결된다. 아담과 이브, 능금과 독성毒性, 단죄와 죽음이 하나하나 이어지면서, 오랜 시간 뜨거운 포옹을 멈추지 않은 채로 "시간의 모래 흙 속에서" 드러난 "사랑의 골격"은 더없이 가없는 사랑을 보여주게 된다. 창세기의 "신神은 죄진 그들을 동산에

119

서 쫓아냈으나” 그 막강한 신성神聖으로도 이 발다로의
연인들의 사랑은 오천 년 동안이나 추방될 수 없었던 것
이다. 시간의 아득한 간격을 사이에 둔 ‘사랑’의 오랜 교
감이 시편 저류에 가득 농울친다. 이 시편과 닮은 사랑
의 치명적 가파름에 대하여 시인은 “피었다 때 되어 지
는 사랑은 추하다/시들기 전에 스스로 질 줄 아는 사랑
이 아름답다”(「낙화 3」)는 단단한 잠언箴言으로 노래하기도
한다. 이처럼 격정적인 사랑이 김세형 시학의 한 축에
있다면, 철저하게 외진 곳으로 숨어들어 고요하고 심미
적인 사랑을 추구해보려는 지향이 그의 시학의 다른 한
축을 형성한다. 시집 표제작인 다음 시퍼은 바로 그러한
고요하고 심미적인 사랑 추구의 진면목을 보여주는 실
례일 것이다.


    수소문 끝에 어느 오지 시골 마을 외따로운 빈집 하나 얻
어 산적처럼 스며들었다
    묵직한 산 그리메 무게에 잔뜩 눌려 축 처진 녹슨 함석 지
붕 처마 밑 여기저기
    끊겨진 거미줄 친친 늘어져 있고, 마음 무너지듯 흙담장
이곳저곳 무너져 있고,
    기우뚱, 지구의처럼 한 쪽으로 기운 남루한 집이라
    아무도 찾아올 것 같지 않아 썩, 마음에 들었다
    마당 한 귀퉁이에 개집은 있으나 누런 댓잎 한 장 빙빙 떠
도는 빗물 고인

찌그러진 빈 개밥그릇만 휑당그레 나뒹굴고 있어 시끄럽
지 않아 좋았고
　수런거리는 대숲 뒤란엔 깊은 우물까지 있어 더욱 좋았다
　허리 잔뜩 굽혀 들여다보며 한없이 울기에 충분한 깊이여
서 좋았고
　깊이를 재어보려 마음의 두레박을 길게 우물 안에 드리워
보니
　두레박 바닥이 울음의 밑바닥에 가아 닿지 않았으므로 좋
았다
　금상첨화로 울 때 쏴—아하는 대숲바람의 추임새가 있을
것 같아 좋았고
　이렇게 울음이 한없이 깊어질 수 있는 곳이 세상에 있었다
니!
　하고 나도 모르게 벌어진 입에서 감탄사가 절로 튀어나올
것 같아 좋았다
　서리 묻은 싹 잃은 외기러기 한 쪽 날개,
　달 옆구리 훨~ 훨~ 스치고 지나가는 풍경 그윽한 밤이면
　달빛 충만 가슴 도저히 홀로 감당할 길 없을 것 같아 좋았고
　고개 쳐 넣고 우물 안을 한없이 들여다보며 혼자 공명으로
북받쳐 울다가
　우물물 위 찰랑이던 달마저 출렁~, 하고 파도처럼 찬란하
게 부서지면
　개구리처럼 네 발 쭈—욱 우물 허공에 뻗어 바닥을 알 수
없는
　그 찬란 속으로 풍덩! 뛰어들면 더 찬란할 것 같아 좋았다
　아니, 아예 세상만사 깡그리 잊고 우물 안 개구리로 살아

가면

　찬란을 더욱더 찬란하게 할 것만 같아 좋았고

　내가 태생적으로 겁이 많아 개구리처럼 그렇게 팔짝, 네
발 허공에 멋지게 뻗어

　우물 안 찬란 속으로 풍덩! 다이빙하여 뛰어들진 못하더라도

　긴 줄의 두레박이 마음에 늘 준비되어 있으니 언제든 찬란
을 길어 올릴 수 있어 좋았다

　아무도 찾아오지 않을 것 같은 이 외따로운 오지 마을 적
막강산 빈집에서

　그 길어 올린 찬란으로 누군가를 사랑하면 영원히 찬란할
것 같아 좋았다

—「찬란을 위하여」 전문


　시인은 "오지 시골 마을 외따로운 빈집"을 하나 얻어
스며들었다고 한다. 이 '오지'와 '시골'이 겹친 그리고 '외
따로움'과 '비어 있음'이 겹친 집은, 그 자체로 비껴간 시
간의 혹은 오래 축적된 시간의 공간적 은유일 것이다.
그 '빈집'의 외관은, 산 그리메 무게에 눌려 처진 "녹슨
함석 지붕 처마"가 있고 그 아래 "끊겨진 거미줄"이 있고
여기저기 무너진 "흙담장"이 있는 퇴락한 형상으로 구성
되어 있다. 시인은 그 무너진 모양이 마치 마음이 무너
진 것 같다고 노래한다. 그리고 이 남루한 집이 아무도
찾아올 것 같지 않아 마음에 들었다고 한다. 이렇게 고
요와 퇴락으로만 감싸여 있는 '빈집'이 바로 시인이 새로
들어선 찬란한 공간이다. 이때 시인은 수런거리는 대숲

을 배경으로 한 '빈집'의 깊은 우물에서 시인은 자신이 들여다보며 "한없이 울기에 충분한 깊이"를 발견한다. 일찍이 "그래서 빠져죽고 싶은/깊은 우물"(「인도 여자」)을 그로테스크하게 노래했던 시인은 그 우물의 깊이가 "울음의 밑바닥"까지 가지고 있어 한없이 깊은 울음을 울 수 있을 거라고 생각한다. 여기서 시인이 강조해마지 않는 "울음"은 시인의 삶과 사유를 찬란하게 하는 핵심 요소가 아닐 수 없다. 생을 다하도록 탕진되지 않는 울음 아래로 번져오는 고독과 결핍은 그 자체로 시인의 존재 방식이기도 한 것이다.

시인의 상상은 이제 그 '빈집'에서 자연 사물들과 함께 완성해가는 찬란한 '사랑'으로 집중된다. 가령 짝 잃은 외기러기가 날아가는 그윽한 겨울밤에는 "달빛 충만 가슴"을 누릴 것이 억누를 수 없는 기쁨이 될 것이고, 우물 속을 들여다보면서 혼자 울다가 "우물물 위 찰랑이넌 달"이 찬란하게 부서질 때 그 찬란 속으로 뛰어들면 더없는 기쁨이 될 것이다. 이렇게 소란하고도 번쇄한 바깥 세상을 한동안 잊어버리고 "찬란을 더욱더 찬란하게" 하는 삶이야말로 마치 "긴 줄의 두레박"으로 찬란을 길어 올리는 삶이라고 시인은 생각한다. 이처럼 사람 흔적 없이 자연 사물의 풍요로운 고요와 퇴락만이 넘쳐나는 이 "외따로운 오지 마을 적막강산 빈집"에서 시인은 "그 길어 올린 찬란으로 누군가를 사랑"하여 그 '찬란'을 완성하고자 한다.

이때 시인이 노래하는 '사랑'의 마음은 앞에서 본 '발다로의 연인' 같은 격정적인 것이 아니다. 오히려 그것은 외따로움과 비어 있음이 결속하여 빚어내는 고요하고 심미적인 사랑의 마음이라 할 것이다. 그래서 시인은 "그건 사랑이 아니다, 허기다"(「식사」)라면서 격정적으로 느끼는 '허기'보다는 이렇게 충일한 사물과의 교호 속에서 얻어가는 마음을 '사랑'이라 노래하는 것이다. 이는 "순간의 모습을 잃지 않고, 순간 속에 멈춰 선 것들은, 이미 영원 속에 고요히/서 있다."(「정오 12시 – 김수환 추기경의 선종을 추모하며」)는 시선에서 자연스럽게 우러나오는 사랑의 아름다운 시학이 아닐 수 없다. 김세형 시학의 근간이 '사랑'의 추구와 완성 의지에 있음을 알게 하는 뚜렷한 사례들이다.

### 3. 시적 형이상形而上의 고향

그동안의 시력 속에서도 자연 사물과의 적극적 소통과 화응和應에 남다른 매진을 보여온 김세형 시인은, 이번 시집에서 '꽃'과 '새'라는 보편적 상징을 통해 우리 시대의 불모성을 치유하고 새로운 차원을 상상적으로 개척해가려는 모습을 뚜렷이 보여준다. 이때 자연 사물과의 적극적 소통과 화응에 가장 중요한 것은, 시인이 가지는 남다른 발견의 감각일 것이다. 사실 우리의 가혹한 현대사는 우리로 하여금 몸 안팎의 '폐허'를 너무도 선명하게 경험케 하였다. 성장주의와 물신 숭배로 대표되는 이러

한 흐름으로 인해 우리는 빠르고 새로운 것만을 찾아다
니며 정작 가장 중요한 우리 몸의 느리고도 오랜 '기억'
을 잃어버렸다. 켜켜이 쌓인 시간의 '깊이'를 헤아리지
못하고 시간의 '속도'만을 문제 삼았던 것이다. 그래서
우리는 그 기억의 깊이를 회복하기 위해서라도, 사물의
비극적 본질에 참여하면서 동시에 인간의 궁극적 관심
을 암시하는 밝은 눈을 시인들에게 요청하게 된다. 김세
형 시인은 '꽃'과 '새'의 형상을 통해, 우리 시대의 폐허를
넘어서는 이러한 깊이의 미학을 가득 풀어놓는다.

> 피고 짐이 없다면 꽃이 아니다.
> 꽃은 피고 짐의 윤회 속에서 피고 진다.
> 꽃은 환幻의 굴레 속에서 환하게 웃으며 피고 진다.
> 열반이란 꽃도 그렇게 피고 진다.
> 모든 꽃들은 피고 지는 가운데 피고 짐 없이 피고 진다.
> 꽃은 윤회하며 열반을 즐긴다.
> 꽃상여는 꽃의 상여가 아니다.
> 꽃은 북망산천에서도 피고 진다.
> 피고 지지 않으면 꽃이 아니다.
> 모든 꽃은 열반꽃이다.
> —「꽃의 열반 – 생태 열반론8」 전문

시편의 부제를 '생태 열반론'이라 붙였을 정도로 시인
은 생태와 구도를 하나의 몸으로 결합한다. 따라서 시인

이 명명하는 '꽃'은 단순한 자연 사물에 머무르지 않고 일종의 구도적인 형이상形而上을 진하게 거느린 존재로 전이된다. 시인은 "피고 짐"이야말로 '꽃'의 본질이며 "피고 짐의 윤회"가 꽃의 생명 원리라고 생각하는데, 이는 그동안 불교적 사유와 감각을 토대로 하여 시를 써온 시인이 만물의 상호 작용이라는 자연 이치의 심층을 다시 한 번 상상적으로 보여준 사례이다. "환幻의 굴레 속에서 환하게 웃으며" 피고 지는 꽃은 그래서 불가에서 해석하는 인생을 은유하는 것이며, 그렇게 피고 지는 "열반이란 꽃"도 생각해보면 인간 삶의 실존적 본질을 적절하게 말해준다. "피고 지는 가운데 피고 짐 없이" 피고 지는 꽃은 결국 "윤회하며 열반"을 즐기는 것이다. 북망산천에서도 피고 지는 꽃은 결국 "모든 꽃은 열반꽃"이라는 명제를 자연스럽게 낳는다.

　이처럼 김세형 시학에서 자연 사물은 우리 시대의 부박한 실용주의를 넘어서 종교적 형이상을 강렬하게 획득한다. 가령 "필 때보다 질 때 더욱 아름답다"(「낙화3」)는 꽃이 "고요한 거기쯤에서 난 묵묵黙黙히 질 수밖에"(「꽃의 추파」)라고 말할 때, 그 안에는 고요와 적막에 감싸여 언어를 완성하려는 시인의 형이상적 충동이 반영되어 있고, 하늘을 일러 "저,//높고 푸른 경전"(「가을 하늘」)이라고 한다든지 "인공이 죽자 자연이 되살아났다."(「존엄사」)라고 말할 때도 그 안에는 종교적 감각을 토대로 우리 시대에 대하여 단단한 성찰을 수행하려는 시인의 마음이 들어 있다. 이처럼 이번 시집은 그동안 시인 자신이 개척해온 불교적 원리에 의한 깨달음이나 알레고리적 상상력을 한 차원 깊게 지속하고 있다 할 것이다.


　인간의 잃어버린 낙원도 아마 그곳일 것이다
　원래 새였던 인간도 그 낙원에서 살다 결국 날개를 잃고 말았을 것이다
　그런데 인간은 왜 새들의 낙원인 그 섬 밖으로 쫓겨났을까?
　아니, 달아났을까?
　그리고 왜 인간은 그 새들의 낙원으로 돌아가 살지 않고
　낙원 밖에서 잃어버린 날개를 그리워하며 늘 눈물지으며 살고 있는가?
　그 까닭을 하늘에 계신 하나님께서도 아마 잘 모르실 것이다
　그러나 다시 날개를 달고 새처럼 하늘로 날아오르길 날마다 학수고대 꿈꾸는 난,
　그 까닭을 이 세상 어느 누구보다도 잘 알고 있다
　카구는 날개 없이 살아가는 그곳이 낙원이지만,
　인간은 날개 없이 살아가는 그곳이 지옥이기 때문이다
　　　　　　　　　　　　　　　—「새들의 낙원」 중에서


　시인은 새롭게 복원된 낙원을 일러 "그렇게 각각의 죽음들은 각각의 다른 생명으로 시시각각 재창조되며 살아갔다. 뭇 생명의 창조주는 그러한 각각의 뭇 죽음들이었으므로, 신神은 더 이상 낙원에서 할 일이 없었다. 그

리하여 신神은 마침내 낙원에서 추방됐다."(『정글낙원 1』)
라고 노래한 바 있다. 기독교적 상상력을 물구나무 세운
이러한 진술은 '낙원'이라는 곳이 지금 우리가 잃어버린
어떤 원형(archetype)이고 결국은 탈환해야 할 궁극적 가
치임을 노래한다. 위 작품에서 시인은 인간이 낙원을 잃
어버린 것을 원래 '새'였던 인간이 낙원에서 살다 날개를
잃어버린 것으로 상상한다. 인간은 "새들의 낙원" 바깥
으로 쫓겨나가, 그 낙원으로 돌아가지 못하고, 낙원 밖
에서 잃어버린 날개를 그리워하며 살고 있을 뿐이다. 이
때 시인은 스스로를 "다시 날개를 달고 새처럼 하늘로
날아오르길 날마다 학수고대 꿈꾸는" 존재로 상정하고,
"인간은 날개 없이 살아가는 그곳이 지옥이기" 때문에
잃어버린 날개에 대한 그리움으로 눈물지으며 살고 있
다고 판단한다. 결국 시인은 '새'라는 상징을 빌려 우리
의 존재론적 근원을 다시 살피고, 잃어버린 몸의 기억을
순간적으로 탈환하려 하는 것이다. 하지만 그 안에는 결
국 날개를 회복하지 못할 것이라는 진한 비원悲願이 동시
에 읽혀진다. 그렇게 궁극적으로 가 닿아야 할 그리고
가 닿을 수 없을 것만 같은 낙원은 "이곳에선 성경도 불
경도 불경不敬스럽다"(『경전이 불경不敬』)든지 "그곳엔 주인
공도 구경꾼도 없다"(『구경꾼』)든지 하는 말을 충족하는
시적 형이상의 고향일 것이다. 그 형이상의 고향을 따라
우리의 마음도 순간적으로, 온전하게, 우리 시대의 불모
와 폐허를 뛰어넘는다.

## 4. '구도'의 진정성과 열도

이처럼 김세형 시인은 자연 사물 속에서 우리가 잃어버린 '깊이'의 시학을 추구하면서도, 보다 높은 정신적 차원을 지향하는 형이상의 지경을 줄곧 탐색한다. 그만큼 그는 심미적 자연을 섬세하게 돌아보면서 단순히 풍경에 도취되기보다는, 그 안에서 가장 근원적인 삶의 이법理法을 발견하고 있는 것이다. 그와 동시에 김세형 시인은 이러한 이법을 관통하면서 궁극적으로 가 닿아야 할 자신의 실존적 모습을 다양하게 상상한다. 이때 시를 통한 실존적 투사投射가 선연하게 이루어진다. 이는 김세형 시학의 또 하나의 근원적 축이라 할 수 있는 자기 자신을 완성하려는 '구도적 열정'과 깊이 연관된다. 이는 일찍이 불가적 사유와 감각을 깊이 있게 추구해온 그가 자연스럽게 견지하게 된 시적 태도(attitude)이기도 할 것이다. 다음 시편을 읽어보자.


　찰나를 포착한 내 눈빛의 그 순간은 그 얼마나 거미줄처럼 길고도 길었던가
　네 눈빛은 순간이었지만 네 눈빛을 포착한 내 눈빛은 영원이었네
　난 빛의 사진사였고, 넌 빛나는 나의 풍경이었네
　난 네 눈부신 전라全裸의 빛, 그 황홀한 순간을 내 두 눈의
　조리개로 사로잡아 내 영원한 기억의 거미줄 암실에 가둬놓곤 인화했네

그러나 난 미처 몰랐었네, 내 기억의 필름은 이미

암실로 스며든 네 눈부신 빛에 의해 하얗게 탈색되어버렸
다는 것을,

내 기억의 암실은 네 눈부신 전라全裸에 의해 이미 대낮처
럼 환해져버렸다는 것을,

그러나 내 슬픔은 잃어버린 내 암실 때문이 아니었네

다시는 되찾을 수 없는 너와의 인연, 그 끊겨진 전생의 희
미한 거미줄에 대한 기억,

한번 하얗게 빛 바랜 기억의 필름은 다시는 인화할 수 없
다는 것,

때문이었네, 그러나 난 다시 너와의 기억의 거미줄을 자아
낼 수 없다네

기억할 수 없는 널 다시 기억해 내기 위해

난 날마다 내 끊겨진 환한 거미줄 망각의 암실 속을 헤매
네

어두운 극장 안에서 갑자기 환한 대낮 거리로 나온 눈부신
관객처럼

난 환한 내 기억의 암실 속에서 네 빛을 찾아 다리 지팡이
로 더듬더듬 헤매네

사랑한다는 것은 더듬더듬 너의 빛을 찾아가는 일,

그러나 난 네 눈부신 빛에 두 눈이 멀어 네 빛을 찾지 못
하네

난 사랑에 눈 먼 눈 뜬 소경이네

잊혀져간다는 것은 어두워져가는 일이었네

환하게 어두워져가는 일이었네

—「장님거미」 전문

'장님거미'는 다른 거미들과는 달리 더듬이가 없고 다리가 더듬이 역할을 대신하는데, 따라서 거미의 존재 증명이라 할 수 있는 거미줄을 만들어내지 못한다고 한다. 이렇게 거미줄을 만들지 못하는 '장님거미'는, 자신의 존재론적 고갱이를 잃어버린 채 살아가는 인간 일반의 알레고리적 등가물이다. 그리고 그것은 시인이 그려내고 있는 아스라하고 그로테스크한 자화상이 아닐 수 없다.

　빛과 어두움의 수사학이라 할 수 있는 이 시편은 "찰나를 포착한 내 눈빛의 그 순간"에서 시작된다. 만들어내지 못하는 '거미줄'처럼 길고도 긴 그 순간이 '장님거미'가 자신의 존재를 드러내는 명료하고도 유일한 찰나이다. 그 눈빛은 비록 순간이었지만, "네 눈빛을 포착한" 영원이었다. 그때 '장님거미'는 "빛의 사진사"였고 그가 바라본 대상은 "빛나는 나의 풍경"이었다. 시인은 그 눈부신 전라全裸의 빛을 황홀하게 포착하면서, "영원한 기억의 거미줄 암실"에 가두어놓고 인화하고는, 그 '기억의 필름'이 이미 암실로 스며든 그 눈부신 빛으로 탈색되었고 '기억의 암실'조차 눈부신 전라에 의해 환해져버렸다고 노래한다. 하지만 '장님거미'가 느끼는 슬픔이 암실을 잃어버린 까닭에서만 촉발되는 것은 아니다. 그것은 "끊겨진 전생의 희미한 거미줄에 대한 기억"과 "빛바랜 기억의 필름"을 다시 인화할 수 없기 때문이기도 하다. 결국 "기억의 거미줄"을 다시 자아낼 수 없는 '장님거미'는 대상을 다시 기억해내기 위해 늘 "끊겨진 환한 거미줄 망각의 암실"을 헤맬 뿐이다. 그 어두운 곳에서 빛을 찾아 '다리 지팡이'로 더듬더듬 "너의 빛을 찾아가는 일"에 골몰하는 것이다. 눈부신 빛에 두 눈이 멀어 빛을 찾지 못하는 '장님거미'는 "사랑에 눈 먼 눈 뜬 소경"처럼 환하게 어두워져가면서 존재론적 소멸의 상황으로 빠져든다.

이렇게 빛과 어둠의 흔연한 교차 속에서 자신의 존재를 찾아가는 도정은, 김세형 시학이 견지하고 있는 장렬한 구도적 열정과 고스란히 상응한다. 이는 마치 "달집 속에 태양의 불이 들어가 달집을 다 태워버렸으나 달은 태우질 못했다./태워지지 않는 달이 밤하늘에 떠서 칠흑 같은 산중을 밤새 환히 비췄다."(「달집태우기 – 법정 스님 다비식을 보고」)에서처럼, 빛과 어둠의 찬란한 교차 속에서 신성한 장면이 연출되는 것과 그대로 이어진다. 김세형 시학의 형이상적 충동과 지향을 다시 한 번 일러주는 시적 풍경이다.


난 등에 산을 지고 사막을 횡단하고 있는 한 사람을 보았네
그는 늘 그 육중한 등짐을 사막 어딘가에 부려놓고 싶어 했네
하지만 그는 산이 너무 좋아 산을 내려놓을 수가 없었네
산에 오르고 싶어도 산을 등짐 지고 다니는 바람에 산에는
오를 수 없는 사람,
등뼈가 움푹 꺼지도록 육중한 산을 등에 짊어지고

검고 긴 마스카라 속눈썹 그늘 위에
사막의 흰 모래먼지 수북이 쌓아 올려놓는 채
머—언 신기루 속 수미산을 찾아 뜨거운 사막 위를
평생 맨발로 터벅, 터벅, 걷고만 있는 산 같이 고독한 사람,
하지만 그는 사막 그 어디에도 산을 부려 놓을 수가 없었네
생각은 수미산같이 높으나 외로움은 사막처럼 끝없이 펼쳐
져 있어
등짐을 사막 어디에도 부려놓을 수가 없었네
쏴—아 하고 부는 사막 모래바람에 비단결 모래의 강 위를
싸르르르~ 싸르트르~ 흘러가는 산 하나⋯⋯
그 고독한 산 하나, 정처 없이 사막을 홀로 횡단하고 있었네
당장이라도 저 육중한 등짐을 사막 아무데나 부려놓기만
하면
그렇게 평생 오르고 싶어 하던 수미산에 오를 수 있으련만,
그러나 그는 그만 산이 너무 좋아 산을 등에서 차마 내려놓
을 수가 없었네
산을 평생 등짐지고 살아, 평생 산에는 오를 수 없는 사람,
난 산을 등짐 지고 평생 사막을 걷고 있는 산 같은 한 사람
을 보았네
수미산 같은 한 사람을 보았네

—「낙타」 전문


　시인이 바라본 "등에 산을 지고 사막을 횡단하고 있는
한 사람"은 시인의 시선에 포착된 시인 자신의 상像일 것
이다. 따라서 이 작품은 '낙타'를 묘사하면서 동시에 그

133

'낙타'의 외관과 속성을 자신의 그것으로 치환하고 있는 알레고리적 발상의 시편이다. 언제나 그 육중한 등짐을 사막 어딘가에 부려놓고 싶어 했지만, 그는 "산이 너무 좋아 산을 내려놓을 수가" 없었다. 등뼈가 꺼지도록 평생 산을 등에 지고 다니느라 자신은 정작 산에 오를 수 없었던 것이다. 그는 "검고 긴 마스카라 속눈썹 그늘" 위로 사막의 모래먼지가 쌓여도, 오직 "신기루 속 수미산"을 찾아 뜨거운 사막을 걷는 "산같이 고독한 사람"이다. 이때 수미산須彌山은 불교의 세계관에서 세계의 중심에 솟아 있다는 상상의 산이다. 그 수미산을 찾아가는 구도의 과정은 문자 그대로 산山 같은 '고독'의 과정이다. 그만큼 그는 "생각은 수미산같이 높으나 외로움은 사막처럼 끝없이 펼쳐져" 있는 존재이고, 모래바람이 불어 비단결 모래의 강 위를 흘러가는 고독한 산 그 자체이다. 이렇게 고독 자체를 일용할 양식으로 살아가는 낙타에게 한편에서는 "당장 바퀴를 굴리지 말고 바퀴를 땅에 내려놓으라는"(「바퀴의 역사」) 요청도 가능하겠지만, 시인은 낙타로 하여금 그 짐을 내려놓지 못하고 영원한 등짐으로 지고 가게끔 함으로써 시인으로서의 자의식을 존재 증명한다. 말하자면 낙타는 시인의 은유적 상관물이다.

　물론 저 육중한 등짐을 사막 아무데나 내려놓기만 한다면 평생 오르고 싶어 하던 수미산에 오를 수 있겠지만, 그는 산을 너무 좋아하여 "산을 등에서 차마 내려놓을 수가" 없었다. 이때 '산'은 세 가지 층위의 의미를 거느린다. 하나는 가고 싶은 곳, 다른 하나는 내려놓을 수 없는 자신의 존재론적 몫, 마지막 하나는 스스로 되어버린 고독한 존재, 이 모든 '산'들이 낙타의 등 위에, 시선에, 그 몸속에 모두 각인되어 있다. 그래서 그는 "산을 평생 등짐 지고 살아, 평생 산에는 오를 수 없는 사람" 곧 시인이 된다. 그 "수미산 같은 한 사람"은 바로 김세형 시인 자신이 아닌가. 그 수미산은 아마도 "슬픈 직선"(『슬픈 직선』)이었던 자기 자신을 반성적으로 사유하면서 가고자 하는 "굽은 말발굽들의 길고 긴 침묵의 소리 행렬만이/샹그릴라 대협곡에 영원처럼 울려 퍼지는 곳"(『차마고도 – 가는 자여! 가는 자여! 피안으로 가는 자여!』)일 것이다.

　이처럼 '장님거미'와 '낙타'라는 알레고리적 대상을 취하여 새로운 구도적 열정을 보여준 자기 탐사의 시학은, 격정적이고 고요한 '사랑'의 마음과 함께 김세형 시를 떠받치는 중요한 심미적 에너지이다 이렇게 '사랑'과 '구도求道'의 견고한 결속 과정을 통해 김세형 시인은 자신의 시적 생애의 중간 결산을 풍부하게 해놓았다. 그 '사랑'과 '구도'의 진정성과 열도熱度에 우리도 서서히, 치명적으로 잠겨가지 않을까, 생각해본다.